Autorenteam Christliches Gymnasium

Supernova

PRAEPARATIO EVANGELICA

Schriften des Christlichen Gymnasiums Jena

herausgegeben von

Hansjoachim Andres

und

Johannes Deja

Band II

SUPERNOVA

von

einem Autorenteam des
Christlichen Gymnasiums Jena

Titelillustration: **Sophia Förster**

Die Autoren und Herausgeber danken der Künstlerin vielmals für dieses Bild.

1. Auflage, 2019

© 2019 Christliches Gymnasium, Autorenteam
Herstellung und Verlag: BoD – Books on Demand, Norderstedt
ISBN: 9783749454228

Inhaltsverzeichnis

Vorwort

Wie laut John Donne kein Mensch eine Insel ist, so sind auch die Schüler des Christlichen Gymnasiums keine; nicht einmal die Bewohner eines geschützten Archipels. Geht man nach den Beiträgen des vorliegenden Bandes, so fühlen sie sich mitten in den Sturm des Lebens gestellt, umspült von den Wogen unserer Zeit, die Gischt der Politik in den Augen und das Brackwasser der Apathie im Friesennerz.

Das ist umso bemerkenswerter, da nichts davon bei der Konzeption der Arbeitsgemeinschaft für das Schuljahr 2018/19 durch Johannes Deja und mich auch nur die geringste Rolle gespielt hat. Der Plan dieses Jahres sah vor, in den schulischen Lehrplänen des Faches Deutsch vernachlässigte Themen der Literaturwissenschaft in den Mittelpunkt zu stellen und durch die Vermittlung derartiger Kenntnisse zu einer Erweiterung des eigenen Repertoires literarischer Fähigkeiten und Techniken anzuleiten. Um zugleich den Schritt von der bloßen Anthologie, die durch nichts als zwei Buchdeckel (und die darauf befindliche exzellente Titelillustration Sophia Försters) zusammengehalten wird, zu einem wirklichen Buch zu schaffen, das diesen Namen auch aus inhaltlichen Gründen verdient, entwarfen wir ein fiktives Universum, in dem sich alle Geschichten ansiedeln lassen würden, die aber zugleich über ein bestimmtes und auf allen Welten sichtbares Element verbunden sein sollten: Die Supernova.

Das hat sich nur insofern bewahrheitet, als dass tatsächlich in manchen Beiträgen eine Supernova erwähnt wird. Der Plan dürfte aber ziemlich erfolgreich gescheitert sein, denn was sich schlussendlich hier versammelt findet, ist bei weitem besser als jenes Ergebnis, das wir im Konzept unseres Vorgehens zu erhoffen wagten; diente jenes doch nur dazu, inhaltliche Verknüpfungen zwischen den Erzählungen zu schaffen, die überflüssig wurden, als gewissermaßen *naturaliter* etwas viel größeres entstand: thematische Verknüpfungen zwischen den Beiträgen und eine Verwandtschaft in der Aussage.

Es fanden sich Querverbindungen, die weder durch die Anlage des Kurses noch unsere Gespräche forciert waren und offenbar daraus resultierten, dass alle Beteiligten von ähnlichen Fragen bewegt wurden, auf die gleichen Impulse reagierten; eben in den gleichen räumlichen, zeitlichen und institutionellen Rahmen eingebunden sind, der sich beständig verschiebt und jeden einzelnen in seinen Bewegungen – seien sie mit oder gegen den Strom – gleichsam bewegt. Der vorliegende Band ist eine Momentaufnahme solcher Bewegung, wie sie die „Schriften des Christlichen Gymnasiums Jena" bieten sollen; ein Ausschnitt aus dem Denken und Fühlen der Schüler dieser Institution, als es mit bestimmten Impulsen konfrontiert war. Dieser Band zeigt Dokumentationen, Diagnosen und Antwortversuche der Schüler des Christlichen Gymnasiums Jena gegenüber Problemen unserer Zeit.

Dies habe ich im Nachwort des vorliegenden Buches herauszustellen versucht.

Hansjoachim Andres

Der Irrtum

Neiiin... Meine Gedanken rasten um Pauline, meine beste Freundin. Ich sah zu, wie die Gangster sie an den Füßen fesselten und in ihren Laster hievten und Pauline eine solche Angst hatte, dass sie sogar vergaß, an ihren Haaren zu zupfen. (Dies tat sie immer, wenn sie sich fürchtete). Ich saß wie gelähmt in dem Busch neben dem großen finsteren Gebäude, das vor ein paar Jahren noch ein Gefängnis gewesen war. Ich hätte nur zwei Schritte machen müssen, um die Gangster zu erreichen. Ich hätte nur einen Schlag mit dem Stock machen müssen, um mein Gewissen zu beruhigen und doch brachte ich es nicht über mich. Mein Bauch wollte weg von hier, nur weg, aber mein Kopf zwang mich zu bleiben. Wenn ich mich bewegen würde, würde es sowieso rascheln und die beiden Männer auf mich aufmerksam machen. Darauf konnte ich verzichten. Kawumm! Die Lastertür flog zu, der Motor ging an und Marie wachte auf!
Ihre Mutter hatte die Schranktür zugeschlagen und den Wasserkocher ausgeschaltet. Erleichtert und immer noch ein bisschen von ihrem Traum gelähmt, richtete sie sich auf. Sofort stand Frieda, ihre große Schwester, neben dem Bett: „Ganz schön krass, wie lange du schlafen kannst." Marie schaute auf den Wecker. Er zeigte 9:15 Uhr. „Oh!" – normalerweise war sie ein Frühaufsteher. Und weil Marie immer noch nichts sagte, fügte Frieda hinzu: „Hast du schon gehört, es soll sich ein Taschendieb in der Stadt herumtreiben!" Frieda klang aufgeregt: „Wow! Weißt du eigentlich, wie viele davon schon hier waren?" Marie wollte, dass Frieda sie einfach in Ruhe ließ. Doch es schien sie nicht zu interessieren. Frieda redete weiter, als ob sie Marie nicht gehört hätte: „Aber wenn..." Marie fiel ihr ins Wort: „Kannst du bitte einfach den Raum verlassen?" Ihre große Schwester drehte sich um und murmelte: „Du bist aber gesprächig heute!" Dann ging sie aus dem Zimmer und verlor an diesem Morgen kein einziges Wort mehr über den Taschendieb.

Später, beim Abendbrot, erzählte Frieda ihren Eltern von dem, was sie in der Zeitung über den Taschendieb erfahren hatte: „Die Leute, die schon beklaut worden sind, sagen alle, dass der Dieb sehr groß aussah. Er hat ihnen mit einer ruckartigen Bewegung die Taschen vom Arm gerissen und noch nicht einmal versucht, es unbemerkt zu tun." Sie machte ein ernstes Gesicht und versuchte den Artikel in der Zeitung wiederzufinden. „Hier", sie reichte ihrer Mutter den Text, „links unten." Marie fragte sich, warum Frieda so ein Drama aus dem Dieb machte. Sie hatten doch bestimmt schon mehrere große Gangster in der Stadt gehabt. Was war an ihm nun so besonders? Während ihre Mutter ständig „Ah!", „Oh!" und „Aha!" machte, wurde Marie langsam klar, dass sie auch ein bisschen mehr über den Dieb erfahren wollte und beschloss, gleich morgen zu ihrer besten Freundin Pauline zu gehen.

Als sie am Vormittag des nächsten Tages in der Bonhoefferstraße 37a ankam und bei Pauline klingeln wollte, stand Sylinda plötzlich neben ihr. Sie war auch eine gute Freundin von Pauline und hatte gefühlt gut zehn Meter lange Haare. „Hi, Marie, was machst du denn hier?" – „Das gleiche wie du, schätze ich", entgegnete Marie, „Pauline besuchen!" Sie kicherten, klingelten und machten sich, als geöffnet wurde, daran, die Treppen hinaufzusteigen. Oben im zweiten Stock angekommen, wurde ihnen von Paulines Mutter geöffnet: „Ach, gleich zwei kleine Rabauken. Pauline komm doch mal deine Freundinnen begrüßen, ja?" – „Ja, Mama." Paulines Gesicht tauchte im Türrahmen auf: „Hallo Sylinda, hallo Marie! Kommt mit, wir gehen in mein Zimmer." Dort angekommen, quasselte Sylinda gleich drauflos: „Habt ihr schon die neuen Angebote in diesem coolen Klamottenladen in der Theoboldstraße gesehen? Da gibt's voll viele schöne Kleider im Sonderangebot. Da muss ich unbedingt mal shoppen gehen. Ihr glaubt nicht, was für tolle Sachen es dort gibt, wunderbar!" Pauline und Marie warfen sich kleine unentschlossene Blicke zu. „Vielleicht können Pauline und ich ja mitkommen? Die T-Shirts sollen dort gerade bis zu 50 Prozent reduziert sein", warf Marie ein. „Zusammen macht es doch sowieso mehr Spaß, oder?" Sylinda war natürlich einverstanden und nickte: „Morgen Nachmittag halb drei?" – „ Klar!", das kam von den beiden Mädchen wie aus einem Mund. Plötzlich fiel Marie wieder ein, weshalb sie eigentlich herkommen wollte: „Hey Leute, habt ihr schon von dem Taschendieb gehört, der angeblich die Stadt unsicher machen soll? Man sagt auch, er wäre total groß." – „Klar, der ist ja überall in der Stadt Gesprächsthema Nummer eins", antwortete Pauline. Auch Sylinda wusste von dem Taschendieb und schlug vor, Detektiv zu sein: „Wir können beim Shoppen gleich zwei Fliegen mit einer Klappe schlagen. Erstens kaufen wir uns die angesagtesten Klamotten und zweitens können wir auf dem Weg zum Geschäft schon mal anfangen, den Taschendieb zu suchen und damit den ersten Schritt in unser Detektivdasein tun." Marie bezweifelte Sylindas Idee zuerst, aber als Pauline zustimmte und sie bittend ansah, siegte ihre Abenteuerlust über ihre Angst. Nachdem Pauline, Sylinda und Marie noch etwas darüber diskutiert hatten, welcher Designer die besten Klamotten entwarf, machten sich die Besucherinnen auf den Weg nach Hause. Und als Marie dort ankam und Frieda sofort wieder anfing, von dem großen Dieb zu quasseln, beschwerte sie sich nicht und ging schnurstracks in ihr Zimmer. Sie hatte sich vorgenommen, sich nicht mehr über Friedas Diebesgeschichten zu beschweren, da sie jetzt ja auch versuchte, ihm auf die Schliche zu kommen. Als sie sich auf ihrem Sitzsack niederließ, um über alles nachzudenken, musste sie sich eingestehen, dass sie sich unheimlich auf den morgigen Tag freute. Und das nicht nur der coolen neuen Klamotten wegen, die sie sich kaufen würde; sie war auch total aufgeregt, weil sie endlich mal etwas Spannendes erleben würde.

So spannend, wie sie gedacht hatte, wurde der Ausflug zum Einkaufscenter jedoch nicht. Wie hatte sie erwarten können, dass sie gleich bei ihrem ersten Versuch, den Dieb zu finden, Erfolg haben würden? Auch als Marie mit ihren Freundinnen das Center verließ, blieb der Gesuchte unentdeckt. Zuerst jedenfalls…

Nachdem Pauline, Sylinda und Marie an der Kreuzung ankamen, an der sie sich trennen und in unterschiedliche Richtungen gehen mussten, hörten sie eine alte Dame aufschreien: „Hilfe, ich werde überfallen!" Die drei Mädchen reagierten sofort. Fast gleichzeitig rannten sie in die Richtung, aus welcher der Schrei kam. Während Marie und Sylinda den Taschendieb verfolgten, der sich als ziemlich schnell herausstellte, blieb Pauline bei der netten alten Dame, die überfallen worden war. „Er kam einfach von hinten gerannt und schnappte sich meine Handtasche", regte sie sich auf. I-ich glaube in der Tasche war mein ganz-ganzes Leben", presste sie hervor. Doch als sie merkte, wie verdutzt Pauline sie ansah, versuchte sie zu erklären: „Ich habe fünfhundert Euro in der Tasche gehabt und mein Handy." Jetzt versuchte Pauline die Dame zu beruhigen: „Alles ist gut. Meine Freundinnen und ich helfen ihnen, okay? Wir werden zumindest versuchen, den Dieb zu schnappen." Die Frau, die sich später als Frau Beckmann herausstellte, lächelte wieder: „So ist es gut, die Jugend muss aktiv bleiben ...", sie hüstelte, „ich muss nach Hause gehen und meinen kleinen Fiffi füttern!" – „Wer ist Fiffi?", Pauline war etwas irritiert. „Oh, entschuldige, Fiffi ist mein Hund." – „Aha, jetzt weiß ich Bescheid." – „Auf Wiedersehen, mein Kind!", Frau Beckmann drehte sich um und verschwand in Richtung Waldpark. Im Gegensatz zu ihr blieb Pauline noch kurz stehen und dachte über das kürzlich Geschehene nach. Sie dachte an ihre Freunde und machte sich plötzlich Sorgen um Marie und Sylinda. Wo mochten sie bloß sein? Bald jedoch stellte sich die Sorge als unbegründet heraus, denn die beiden Freundinnen kamen atemlos um die Ecke des Kaufhauses gerannt. „Hi Pauline! Hast du die Frau beruhigt?", fragte Marie. Etwas zögernd kam Paulines Antwort: „Ja, schon ... aber erst mal: Habt ihr den Dieb geschnappt?" Sie guckte sich suchend um. Sylinda antwortete: „Fast, aber er ist im letzten Moment entwischt. Der kennt alle Kniffe und Tricks vom Parcouring, dagegen habe ich einfach keine Chance" Sylinda war die sportlichste der drei Freundinnen und trieb regelmäßig Sport, unter anderem eben auch Parcouring. „Na und wie sollen wir jetzt weiter vorgehen im Fall Taschendieb?", Marie wickelte ihre Haare um den Zeigefinger und fand plötzlich, dass sie sich auf das Kommen eines echten Falles viel zu wenig vorbereitet hatten. Warum hatten sie nicht schon wenigstens ein bisschen zum Dieb recherchiert oder sich ein paar Infos über das Leben eines richtigen Detektivs angeschaut oder einfach irgendetwas nützliches gemacht – statt shoppen zu gehen? Etwas, nur eine kleine hilfreiche Sache. Marie ärgerte sich über dieses Ereignis so sehr, dass sie sogar für eine Weile den Fall vergaß. „Marie!", wurde sie von Pauline aus ihren Gedanken gerissen, „Ich habe dich etwas gefragt und warte auf Antwort!" – „Oh entschuldige, ich war gerade so in Gedanken versunken ... Was wolltest du mich denn fragen?" – „Ob du damit einverstanden bist, dass wir uns gleich morgen um 15:00 Uhr im Café Lotosblüte treffen?" Marie überflog in Gedanken ihren Terminkalender. „Geht's auch eine Stunde später? Ich habe noch Badmintontraining." Auch Sylinda überlegte und nickte anschließend: „Meinetwegen schon." Als auch Pauline zugestimmt hatte, wollten Marie und Sylinda schon gehen, doch sie wurden von Ihr zurückgehalten: „Denkt daran euren Eltern erst einmal nichts zu verraten. Wir wissen ja nicht, wie sich die Ermittlungen entwickeln, okay?" Sylinda nickte: „Finde ich gut, sonst verbieten sie uns noch was, das den Ermittlungen eigentlich nützlich sein könnte!" Marie zweifelte: „Und wenn sie sauer werden, wenn wir ihnen nichts sagen?" – „Naja, man kann es ihnen später ja auch noch erzählen, wir wollen ja nur fürs Erste auf Nummer sicher gehen!", antwortete Pauline. „Ich meine, man kann ja noch ein bisschen warten, bevor man ihnen etwas sagt." Das hatte Marie überzeugt: „In Ordnung, ihr habt ja recht, aber ich muss jetzt los, Mama wartet mit dem Abendbrot auf mich und wenn ich zu spät komme, gibt es wieder eine kleine Standpauke und ich muss um 20:00 Uhr ins Bett, deshalb mache ich mich jetzt lieber auf den Weg. Sie verabschiedete sich und trat den Nachhauseweg an.

Als Marie am nächsten Tag das Café Lotosblüte betrat, waren Sylinda und Pauline noch nicht da. „Macht nichts", dachte sie sich, „ich kann ja schon mal Schokokuchen und Limonade bestellen." Dach dazu kam sie nicht mehr. Zwei Männer, die auch eben erst gekommen waren, drängelten sich vor und stritten sich im Flüsterton über irgendeinen „großen Clou". Marie fiel sofort auf, das sie wie Zwillingsbrüder aussahen, und dann fiel ihr auch ein, warum: Sie waren so geschminkt. Die zwei berühmten Theaterzwillinge! Sie probten wohl gerade für ein Theaterstück ... Sie wollte sich ein Autogramm holen, vergaß es aber bald wieder, da ihre Freundinnen kamen. „Hi Sylinda, hi Pauline! Etwas herausgefunden?" Marie blickte fragend in die Runde. „Ja", antwortete Sylinda aufgeregt, „stell dir vor: Der Taschendieb hat schon siebzehn Menschen beklaut!" Atemlos ließ sie sich auf einen Stuhl fallen: „Bei allen lag das Diebesgut am nächsten Morgen vor der Tür, alles bis auf das Geld aus dem Portemonnaie." Pauline überlegte: „Ist bekannt, wo all diese

Überfälle stattgefunden haben?" – „Ja", antwortete Marie, „komm, ich zeichne die Orte auf dem Stadtplan ein." Sie zog ihr Smartphone aus der Tasche und fing an, verschiedene Punkte zu markieren. Am Ende blieb allen drei Freundinnen der Mund offen stehen. Sylinda sprach aus, was alle dachten: „Ein fast fertiges Spinnennetz. Oh Mann, welcher Dieb ist bitte so beknackt, es der Polizei so einfach zu machen?" – „Keine Ahnung, aber jedenfalls ist klar, wie unser nächster Ermittlungsschritt aussehen wird", meldete sich Pauline zu Wort. „Wir müssen dem Dieb eine Falle stellen." Sie zeigte auf den letzten offenen Punkt: „Dort! Dann geht alles ganz schnell, wir rufen die Polizei und schnapp! ist der Taschendieb hinter Gittern!" Pauline sah begeistert in die Runde. Im Gegensatz zu ihr hatte Marie noch so ihre Bedenken: „Das ist doch viel zu schön, um wahr zu sein." Auch Sylinda bezweifelte die Einfachheit von Paulines Plans: „Es muss doch irgendeinen Haken geben!" – „Wir müssen uns mal einen Überblick verschaffen", meinte Marie. „Ich denke, dass man sonst unmöglich weiter ermitteln kann". Sie stellte das Limoglas auf den Tisch. „Ich finde, wir sollten uns trotz der Gefahr zum letzten Punkt im Spinnennetz begeben!" Der Meinung war auch Sylinda: „Finde ich auch! Sonst können wir unseren ersten und hoffentlich nicht letzten Fall gar nicht lösen." – „Stimmt", Pauline schob sich das letzte Stückchen Kuchen in den Mund und spülte es mit einem großen Schluck Limo herunter, „aber wir sollten ein paar Vorsichtsmaßnahmen ergreifen." Marie lachte: „Oh, Madame spricht wie ein Erwachsener." Sie konnte sich gerade noch so entschuldigen, bevor sie eine ordentliche Ladung Erdbeerlimo über das T-Shirt bekommen hätte. Aber vor einer Schimpfwörterlawine konnte sie sich nicht mehr retten. „Sei doch nicht so empfindlich", verteidigte Marie sich, „war ja nur ein Scherz". Als Antwort kam gleich noch ein grimmiges Gesicht von Pauline. „Oh man", keuchte sie, „ihr seht aus wie Hänsel und Gretel … Hahaha". Als sie sich wieder gefasst hatte, versucht sie zu erklären: „Ich habe letztens eine Film geschaut und da waren Leute und die haben …" – „Ist ja gut", unterbrach sie Marie, „wir vertragen uns wieder, stimmt's?" Sie schaute in Paulines Richtung. Diese nickte und holte ihr Handy hervor: „Hey, ich habe gerade eine SMS von meinem Klavierlehrer bekommen:

„Liebe Pauline, ich habe Nachricht von der Pianissimo-

Musikschule erhalten. Du hättest eine Chance auf zusätzlichen Unterricht jeden Mittwoch 15.00 Uhr. Möchtest Du teilnehmen? LG Herr Korgan"

„Yippie!", Pauline grinste. „Natürlich will ich!" Sie tippte sofort drauflos: „Lieber Herr Korgan, das fragen Sie noch! Keine Frage, ich möchte natürlich teilnehmen! Ich sage Ihnen morgen noch einmal Bescheid. Ich muss noch mit Mama reden – ansonsten gerne. LG Pauline".

Pauline legte ihr Handy weg: „Stellt euch vor: Ich darf an Kurs 2 der Pianissimo-Musikschule teilnehmen!" Als die beiden anderen sie etwas verdattert ansahen, fügte sie hinzu: „Das war schon immer mein größter Traum – die Pianissimo-Musikschule! In der hat auch Rocky-rocky angefangen!" Langsam kapierte Marie: „Rocky-rocky. Der Rocky-rocky?" – „Ja, welcher sonst?" antwortete Pauline. „*Der* Rockstar des Jahrhunderts!" Sylinda guckte noch etwas komisch aber der Ich-verstehe-langsam-Prozess lief schon auf Hochtouren. Endlich ging ihr ein Licht auf: „*Der* war in deiner zukünftigen Musikschule? Echt jetzt? Ist ja cool!" – „Eben deshalb finde ich es auch fast schon eine Unverschämtheit, mich das zu fragen!" Alle drei kicherten los. Doch plötzlich stoppte Sylinda abrupt: „Leute, wir wollten doch eigentlich über unseren Fall reden! Also wollen wir uns gleich morgen in der Marktstraße treffen?" – „Einwand", entgegnete Marie sofort, „für morgen Abend haben wir doch die Theatertickets. Das lasse ich niemals sausen!" – „Ja, aber davor ist doch noch jede Menge Zeit um im Fall Taschendieb voranzukommen", sagte Sylinda. „Stimmt auch wieder! Ich freue mich schon seit Ewigkeiten darauf, ins Theater zu gehen, deshalb habe ich das wohl ein bisschen verdrängt ..." Da mischte sich Pauline ein: „Ist doch jetzt egal! Haben wir ein Foto vom Dieb?" – „Ja. Das aus der Zeitung gestern", Marie nickte. „Ich muss leider los, noch irgendwas Wichtiges?" – „Nö!", kam es von beiden Freundinnen gleichzeitig. „Okay, dann bis morgen!" Sie stand auf und marschierte mit ihrem Bolerojäckchen in der Hand los.

Zuhause angekommen warf sie es gleich auf das Sofa und stiefelte die Treppe hinauf. Doch als sie oben ankam, machte sie auf dem Absatz kehrt, an dem das Zimmer lag, das sie sich mit ihrer großen Schwester teilte. Sie hatte das Radio schon wieder voll aufgedreht. Marie wusste, dass es sinnlos war, mit Frieda über ihre Musikanlage zu streiten. Also ging sie hinunter in die große Wohnküche und machte es sich mit einem leckeren Eis vorm Fernseher gemütlich.

„Okay, dann legen wir mal los!" Pauline war gerade auch in der Marktstraße angekommen. Energisch strich sie sich eine Strähne aus dem Gesicht. „Dort bei dem Hosenladen haben wir die komplette Straße gut im Blick." Sylinda und Marie stimmten zu und so hatten sie den perfekten Spionageort gefunden.

Als sich die drei Detektivinnen schon fast zwei Stunden in der brütenden Hitze Hosen angeschaut und ihren Beobachtungsposten nicht verlassen hatten, wollten sie das gerade tun, als Marie plötzlich den Finger auf den Mund legte und in Richtung einer gut besuchten Bar zeigte: „Guckt mal, wen haben wir denn da?" Jetzt sahen auch Sylinda und Pauline, was Marie gemeint hatte. „Der Dieb ...", flüsterte Sylinda, „was sollen wir denn jetzt ..." – „Oh mein Gott!", sie wurde von Pauline unterbrochen. Ein zweites Mal in den letzten beiden Tagen blieben den Detektivinnen gleichzeitig die Münder offen stehen und ein zweites Mal sprach Sylinda ihre Gedanken und die ihrer Freundinnen aus: „Er hat einen Zwillingsbruder!" Marie nickte: „Unglaublich." Pauline hatte sich als erste wieder gefasst und bestimmte, was als nächstes getan werden sollte: „Hinterher!" Die beiden Brüder waren in einer Tischfußballbar verschwunden und Marie, Sylinda und Pauline gleich hinter ihnen. Während die Freundinnen hinter einem Vorhang hervorschauten, flüsterte Pauline: „Die stecken bestimmt unter einer Decke!" Auch Sylinda war dieser Meinung, doch Marie erwiderte im Flüsterton: „Was ist, wenn es gar nicht so ist, wie wir denken? Vielleicht ... machen wir uns ... ein ganz falsches Bild von den beiden!" Und sie wusste nicht, wie recht sie damit hatte ...

Nachdem Sylinda eingeschlafen und Marie in leichtes Dösen verfallen war, wurden sie von Pauline gleich wieder vorsichtig geweckt: „Sie reden gerade über ihre Kindheit, hört mal!"

+ „… du dich noch an den leckeren Apfelkuchen von Mama?"
- „Ja, und du hast immer ein größeres Stück bekommen als ich."
+ „… stimmt gar nicht"
- „Mama und Papa mochten dich viel lieber als mich, deshalb."
+ „Vielleicht ein bisschen mehr…"
- „Nein nicht ein bisschen. Damals am Strand durftest du immer das ganz Spielzeug nehmen und viel mehr Eis essen als ich. Und am Bach war es besonders schlimm, ich habe dich ins Wasser geschubst und Mama hat zwei Tage nicht mehr mit mir geredet. Und Essen musste ich auch kochen! Als du mich geschubst hast, hat Papa dich sogar noch gelobt!"
+ „Das ist doch alles nur erstunken und erlogen …"
- „Haha, sehr witzig! Wenn Du an meiner Stelle wärst, würdest du nicht so darüber reden!"
+ „Komm schon …"
- „Nein!"
+ „Dafür kann ich doch nichts!"
- „Naja trotzdem …"
+ „Nicht naja! Es ist so – ich kann nichts dafür! Wenn, dann beschwer Dich bei Mama und Papa, nicht bei mir!"
- „Wenn sie nicht vor zwei Jahren gestorben wären, würde ich das in Erwägung ziehen. Aber jetzt …"

Die Miene des in der Kindheit wahrscheinlich nicht so gut behandelten Mannes wurde weicher und eine Träne drohte aus seinem linken Auge auf den Tisch zu fallen, doch in letzter Sekunde wurde sie von einem Taschentuch, das von den Händen des anderen Mannes gehalten wurde, aufgefangen.

+ „Ich weiß …"
- „Robert …"
+ „Was?"
- „Ich muss, also … naja pass auf: Ich habe … also du hast sicher schon von dem mysteriösen Taschendieb gehört? Also …"

Er räusperte sich und es war einen Moment still.

- „Der bin ich. So – jetzt ist es raus!"
+ „Was? Du? Das hätte ich nicht gedacht! So bist du doch gar
   nicht!"
- „Aber ich musste allen beweisen, dass ich nicht nur der kleine
   Bruder bin, der nichts hinbekommt! Alle müssen mich zu
   schätzen wissen. Die Taschen habe ich ja auch alle
   wieder zurückgebracht. Bis auf … du weißt schon …"
+ „Du könntest doch zum Beispiel …"
- „Stopp, nein, hör auf! Ich weiß, dass ich etwas falsch gemacht
   habe, doch ich bitte dich, es niemandem zu sagen. Bitte,
   bitte!"
+ „Aber ich kann doch nicht …"
- „Doch kannst du – du bist doch mein Bruder!"
+ „Vielleicht, na gut, du bist mein Bruder …"
- „Danke! Ich musste allen beweisen, dass ich nicht nur nichts
   bin."
+ „Lass mich überlegen …"

Marie flüsterte Pauline und Sylinda ins Ohr: „Vielleicht ist der
Dieb gar nicht mit bösen Absichten auf Raubzug gegangen?"
Pauline nickte, was man in der Dunkelheit hinter dem Vorhang
jedoch nicht sehen konnte. Sie antwortete: „Kann sein, aber es
war trotzdem nicht in Ordnung!" – „Aber schau mal, wie
liebevoll die Brüder miteinander reden." – „Schon; aber ich weiß
nicht …" – „Pssst!", Sylinda unterbrach das Gespräch ihrer
beiden Freundinnen. „Seid leise bitte! Ich kann nichts verstehen."

+ „Komm doch nachher mit ins Theater – ich habe eine Karte
   übrig und lade dich ein!"
- „Oh!"

„Sie scheinen sich versöhnt zu haben", meinte Sylinda und Marie
stimmte zu. „Glaube ich auch." Klingelingeling-klingelingeling.
Einen Moment lang erstarrten die drei Freundinnen, doch dann
fingen sie gleichzeitig an, ihre Taschen hektisch nach ihren
Handys zu durchsuchen. Zum Glück hörten sie bald eine
Männerstimme ans Telefon gehen: „… Ja … Oh … Tschüss …"

„Robert, ich muss los, meine Freundin sagt, ich habe meinen

Schlüssel bei ihr vergessen." – „Ist gut, Thomas, ich muss auch mal wieder nach Hause. Ich glaube, du solltest noch mal überlegen, ob du heute Abend nicht doch mit ins Theater kommst; mich würde es jedenfalls freuen ..." Mit diesen Worten verließ der Mann, der offenbar Robert hieß, die Bar und auch Thomas ging nach Hause.

„Endlich kann ich mich wieder bewegen", sagte Pauline. Sie reckte und streckte sich und schüttelte ihr linkes, mittlerweile eingeschlafenes Bein. Auch Marie war erleichtert, dass sie sich jetzt wieder bewegen konnte. Nur Sylinda schien kein Problem mit dem langen Dasitzen zu haben – kein Wunder, denn sie saß abends oft stundenlang an ihren Reportagen für die Schülerzeitung. Marie begriff, dass sie und ihre Freundinnen schon wieder viele neue Informationen über den Dieb herausgefunden hatten: „Wir wissen, wie sie heißen, nämlich Robert und Thomas, und dass Robert eine Freundin hat. Ob die von seinen Überfällen weiß?" Sylinda fand das gar nicht so wichtig: „Ist doch egal; Hauptsache er bringt das Geld zurück, entschuldigt sich und steht zu seinen Taten. Ich würde ihn nicht bei der Polizei melden!" – „Finde ich auch." Pauline stimmte zu: „Und hat dieser Robert nicht auch etwas von Theater heute Abend gesagt? Wir haben doch auch Karten für das Theaterstück ,Der Irrtum!'" – „Ja", Marie fing augenblicklich an zu leuchten, „wir gehen ins Theater, wir gehen ins Theater! Juhu!" Pauline lachte: „Ich freue mich doch auch, aber musst du gleich so laut sein?" – „Ja, ja und noch mal ja. Ich freue mich schon riesig!" Sylinda schaute auf die Uhr. Noch vier Stunden bis zur Aufführung. Ich muss nach Hause zu Mama. Sie will, dass ich ihr im Garten helfe. Könnt ihr euch das vorstellen? Ich soll bei dieser Hitze arbeiten!" Auch Marie hatte noch etwas Wichtiges vor: „Gleich haben wir doch das Entscheidungsmatch gegen die Blue Horses. Die führende Mannschaft der Badmintonkreisliga. Ich bin so aufgeregt. Wenn wir dieses Spiel gewinnen, schaffen wir alles!" – „Toll!", Sylinda freute sich sichtlich für ihre Freundin. „Deine Aufregung sieht man dir an." – „Na klar", Marie nickte, „es hängt so viel von diesem Spiel ab. Die Blue Horses sind wirklich gut. Hoffentlich, hoffentlich!" Sie kicherte nervös und stolperte über ihre eigenen Füße. Wenn Sylinda und Pauline nicht rechtzeitig da gewesen wären, hätte es wahrscheinlich einen Unfall gegeben.

„Der Vorhang öffne sich!" Die drei Detektivinnen waren im Theater angekommen und saßen auf ihren Stühlen in der ersten Reihe. Marie aber wollte anscheinend noch etwas Wichtiges loswerden, bevor das Theaterstück begann: „Ich muss euch unbedingt noch etwas sage...!" Weiter kam sie nicht, denn Sylinda legte den Finger auf die Lippen und zischte ihr nachdrücklich ins Ohr: „Gleich, okay? Ich will noch kurz im Programmheft lesen." Danach versuchte sie es erneut, wurde aber von Pauline unterbrochen: „Warte kurz, Mama schreibt gerade." Mit schnellen, sicheren Bewegungen tippte sie eine Antwort. Wieder setzte Marie an, etwas zu sagen, doch ihre Neuigkeit ging in den Worten der ersten Szene unter. Nach drei Versuchen hatte Marie die Nase voll und gab es auf. Sie konnte sich auch ohne die anderen freuen. Sollten die sich doch totfragen. Sie würde ihr Geheimnis nicht verraten. Das schaffte sie jedoch nicht, denn als die Pause begann, bestanden Pauline und Sylinda darauf, zu erfahren, was Marie ihnen zu sagen hatte. Diese machte ein geheimnisvolles Gesicht und sagte: „Haltet euch fest. Wir haben …" Maries Freundinnen begriffen sofort und warteten das Ende des Satzes nicht ab. „Ihr habt gewonnen!", tönte es wie aus einem Mund. „Juhu!", riefen dann alle drei. Doch als sie zu ihren Plätzen zurückkehrten und sich setzen wollten, nahm Sylindas Gesicht einen ernsten Ausdruck an: „Seht ihr den Dieb hier irgendwo?" Marie und Pauline sahen sich um und verneinten. Sylinda fuhr fort: „Wenn er nicht hier ist, dann überfällt er doch gerade Leute, oder? War jetzt alles umsonst?" Jetzt verstand auch Marie. Sie wusste nicht, was sie sagen sollte und war einfach nur enttäuscht. Nur Pauline schien sich gar keine Sorgen zu machen: „Und wer ist das dahinten in der letzten Reihe?" Sie zeigte auf Thomas und Robert, die in einer dunklen Ecke des Saales standen und mit anderen Männern redeten. Jetzt sahen auch Pauline und Marie die Brüder. Erleichtert atmeten sie auf und Pauline sagte: „Dann ist ja alles gut." Und entschlossen fügte sie hinzu: „Wir zeigen ihn nicht an. Ich habe gestern Frau Beckmann gesehen und sie hat gesagt, dass ihr Geld und ein Entschuldigungsbrief vor ihrer Tür lagen." – „Das mit den Entschuldigungen ging aber sehr schnell." Pauline war sichtlich beeindruckt. Nach dem Ende des Stückes standen die drei Freundinnen noch vor dem großen Theatergebäude beisammen. Da fiel Sylinda plötzlich etwas Wichtiges ein: „Leute, wir haben etwas vergessen!" Ihre Freundinnen guckten ratlos zu Sylinda. Diese öffnete ihren Mund, schloss ihn wieder und fing an zu tanzen. Gleichzeitig sang sie den neuesten Hit aus den Charts: „I'm so sorry because I love love and love you". Als sie Marie und Pauline sah, die immer noch nicht begriffen, sagte sie: „Mensch wir müssen doch feiern – den gelösten Fall, Maries Sieg ..." Paulines Handy summte:

„Liebe Pauline, in der Musikschule Pianissimo hat man sich deine Klavierkünste angehört und dir einen Platz reserviert. Nächste Woche geht es los. Na, freust du dich? LG Herr Korgan"

„... und das sich Pauline endlich ihren Traum erfüllen kann", vollendete Sylinda ihren Satz.

Thea Daum

Rettet Karl Benz!

Die Begegnung

Lilly wachte auf. Es war aber auch ein komischer Traum: Sie hatte zwei Männer belauscht, die von einem Mord gesprochen hatten. Den Mord wollten sie an einem anderen Mann ausüben. Aber wen sie ermorden wollten und was ihr Motiv war, wusste sie nicht. Aber da es erst 3:29 Uhr war, wollte sie jetzt nicht weiter überlegen, am nächsten Morgen hätte sie noch genug Zeit darüber nachzudenken.

Piep! Piep! „Hör auf, du blöder Wecker!", maulte Lilly ihren lauten Wachmacher an, der immer noch piepte. Als sie sich dann nach fünf Minuten aufgerafft hatte, um aufzustehen, stöhnte sie plötzlich. Sie schlug sich auf die Stirn und sagte zu sich selbst: „Bin ich blöd! Heute ist doch Samstag!" Um wieder einzuschlafen hätte sie mindestens 3 Stunden gebraucht. Und dann müsste sie sowieso aufstehen! Außerdem dachte sie: Wenn ich schon mal wach bin, dann kann ich auch gleich irgendetwas Sinnvolles machen! Aber da der Rest ihrer Familie (sie in der Regel auch) nur aus Langschläfern bestand, würde sie um – Lilly sah auf ihren Wecker – 6:00 Uhr keinen wachen Menschen im Haus antreffen. Am Nachmittag war Lilly mit ihrer besten Freundin Luisa in der Stadt zum Shoppen verabredet. Bis dahin würde es wohl oder übel noch ein Weile dauern. Sie seufzte. Dann lief sie mit leisen Schritten die Treppe hinunter in die Küche. Dort nahm sie sich ein Glas aus dem Schrank. Mit dem Glas in der Hand ging sie zum Wasserhahn und füllte es. Sie nippte kurz daran und dachte: Wie viel Zeit ist gerade wohl vergangen? Eine Minute oder vielleicht auch zwei? Sie ging wieder die Treppe hinauf und blickte sich ratlos in ihrem Zimmer um. Ihr Blick fiel auf den Schreibtisch, wo ein Heft lag. Lilly ging zu ihrem Schreibtisch und schnappte sich das Heft. Sie hob es auf und sah auf der aufgeschlagenen Seite in ihrer eigenen Handschrift: „Donnerstag: Mathe Test!!!" Sie hatte sich extra drei rote Ausrufezeichen dahinter geschrieben. „Naja, erst am Donnerstag. Dafür kann ich auch später noch lernen!", sagte Lilly still zu sich.

Erst drei endlose Stunden später gab es endlich Frühstück. Sie biss vergnügt in ihr mit Marmelade bestrichenes Brötchen. Sie freute sich jetzt schon sehr auf den Nachmittag, wo sie sich mit Luisa in der Stadt traf.

Als der langersehnte Nachmittag dann endlich gekommen war, wartete Lilly schon ungeduldig auf Luisa, die sich wie immer verspätete. Im Gegensatz zu Luisa war Lilly die Pünktlichkeit in Person. Sie war immer mindestens fünf Minuten eher da, als vereinbart. „Bist du Lilly Holmann?" Erschrocken drehte Lilly sich um: Hinter ihr stand ein Mann mit einem blauen und einem grünen Auge. „Wer sind Sie und woher kennen Sie meinen Namen?", fragte Lilly die ersten Fragen, die ihr durch den Kopf gingen. „Also – es ist so …", fing der Mann an.
„Hey Lilly!" Abermals drehte sich Lilly um; Luisa war gekommen. Sie wandte sich wieder in Richtung des Mannes, aber da, wo er eben noch gestanden hatte, war er nicht mehr. Sie blickte sich suchend um, aber sie konnte ihn nicht entdecken.
„Hallo Luisa", sagte Lilly immer noch verwirrt.
„Wie findest du das?", fragte Luisa und hielt Lilly ein hübsches Sommerkleid unter die Nase. „Schön!", sagte Lilly und wühlte weiter in dem Klamottenstapel, um endlich ihre Größe zu finden. „Ah, da ist es ja!", murmelte sie, als sie diese schließlich fand.
„Endlich habe ich neue Sachen für den Sommer!", meinte Luisa nach dem Shoppingtrip zu Lilly. „Ja, ich auch", meinte Lilly. „Wollen wir noch ein Eis essen gehen? Ich lade dich auch ein", fragte Luisa nach kurzem Schweigen. „Klar, gerne!", sagte Lilly und freute sich schon auf ihr Eis.
„Ich muss jetzt los", sagte Lilly nach einem köstlichen Schoko-Vanilleeisbecher.
Am Abend nach dem Abendbrot übte sie noch ein bisschen Mathe, verlor dann aber schnell die Lust, weshalb sie auch froh war, als ihr Handy klingelte; eine Nachricht von Luisa:

Hi Lilly,
es hat echt Spaß gemacht mit dir neue Klamotten für den Sommer zu shoppen! ☺
Das können wir gerne mal wiederholen!☺☺☺
Hättest du Lust dich am Montag nach der Schule mit mir zu treffen?

Sagen wir 14:30 Uhr im Eissalon?
Ich würde mich freuen wenn du kommst!☺
LG Luisa

Lilly schrieb ebenfalls eine Nachricht:

Hi Luisa, ich habe mich sehr über deine Nachricht gefreut! ☺
Ich komme gerne! ☺
Ich freue mich schon sehr auf Montag 14:30 Uhr!!! ☺☺☺☺☺☺
LG Lilly

Sie drückte auf das Wort „senden" und schon schickte ihr Handy
die Nachricht ab. Lilly warf sich auf ihr Bett und guckte erst mal
eine Runde in die Luft, wie sie es immer tat, wenn ihr langweilig
war. So lag sie eine Weile lang da, doch plötzlich klingelte es an
der Tür. Lilly rannte aus ihrem Zimmer, um zu sehen, wem ihre
Eltern aufmachten. Aber komischerweise machte keiner von
ihnen auf. Lilly schlich sich ganz vorsichtig die Treppe hinunter
und lugte ins Wohnzimmer, dort saßen ihre Eltern auf der Couch
und tranken Kaffee. Schon jetzt wusste Lilly, dass sie heute Nacht
nicht schlafen konnten. Aber darum ging es gerade gar nicht!
Lilly öffnete die Tür, aber zu ihrem Verblüffen war da keiner. In
diesem Moment fiel Lilly der komische Mann wieder ein, der sie
einfach hatte stehen lassen. Sie schloss die Tür wieder und ging
hoch in ihr Zimmer.

„Mhmm… superlecker das Eis!", Lillys Gesicht nahm einen
schwärmerischen Ausdruck an. „Und was wollen wir jetzt
machen?" Luisa sah Lilly fragend an. „Keine Ahnung!" Kaum
war Lilly aufgestanden, sank sie wieder in ihren Stuhl zurück.
Dut! Dut! Lilly sah Luisa entschuldigend an und kramte ihr
Handy aus ihrer unnötig mitgenommenen Jacke. Augenblicklich
wurden ihre Knie weich: Ihr Handy kündigte ihr an, das eine
Nachricht von Luca erschienen war. „Ich … ich muss los", sagte
Lilly. „Ist es wegen …?" Luisa lächelte: „Ja es war eine
Nachricht von Luca. Er hat mich wegen des Bio-Projektes, das
wir zusammen machen, zu sich eingeladen. Wir müssen unser
Referat noch fertig machen. „Na dann wünsche ich euch viel
Spaß!" Luisa lachte jetzt laut auf, denn sie wusste genau, was

Lilly für Luca empfand. Lilly raffte ihre restlichen Sachen zusammen und ging. Sie wollte zuerst nach Hause, um ihre ganzen Materialien für das Referat zu holen. Ihren Eltern schrieb sie eilig eine Nachricht, wo sie war und holte dann schnell ihr Fahrrad aus der Garage, setzte ihren Helm auf und fuhr los. Zum Glück wohnte Luca nicht sehr weit weg von Lilly, deshalb brauchte sie auch nur knapp zwölf Minuten. Als sie vor der Haustür der Familie Schumann stand, zögerte sie kurz, klingelte dann aber doch. Ein Junge mit blond verstrubbelten Haaren, Sommersprossen und einem verschmitzten Lächeln öffnete ihr. Luca! „Hey! Schön, dass du da bist!", sagte er, während er Lilly die Tür aufhielt. Lillys Wangen wurden von einem leichten Rotton überzogen. Sie trat ein. Luca lief vorne weg und Lilly hinterher.

Lilly spürte die schöne, kühle Abendluft, die ihr der Wind ins Gesicht blies. Der Nachmittag war einfach toll; erst mit Luisa im Eissalon und dann hatte Luca sie zu sich eingeladen! Schade eigentlich, dass er jetzt vorbei war, dachte Lilly ein kleines bisschen wehmütig.

Zum Abendessen gab es belegte Brote. Lilly erzählte ihren Eltern, dass sie am kommenden Donnerstag einen Mathetest schreiben würden. „Warum hast du uns das denn nicht schon eher erzählt? Das wusstest du doch bestimmt schon früher, oder?", fragte Lillys Mutter Susanne, nachdem es ihre Tochter ihr erzählt hatte. „Ja, ich wusste es seit Donnerstag, aber heute ist doch erst Montag und da habe ich dann noch zwei ganze Tage, um zu lernen!", protestierte Lilly. Sie hatte überhaupt keine Lust, jetzt noch Mathe zu lernen! Dafür war der Tag einfach viel zu schön! Aber wie immer mussten ihre Eltern ihr den Tag noch vermiesen! Deshalb lag Lilly nicht glücklich auf dem Bett, sondern büffelte Mathe. Zur Abwechslung gönnte sie sich ab und zu mal ein Gummibärchen, das aber nur ein schwacher Trost für den verdorbenen Ausklang des Tages war.

„Endlich!", dachte Lilly, als sie sich auf ihr Bett warf. Hoffentlich lohnte es sich wenigstens! In diesem Moment traf eine SMS einer Lilly unbekannten Nummer ein. Lilly öffnete sie und las:

Wenn Du mehr erfahren willst, so komme am Sonntagnachmittag um 15:30 Uhr in den Stadtpark zum großen See! Ich muss Dir etwas Wichtiges sagen! Mehr Informationen kann ich noch nicht preisgeben!

Lilly war sich nicht ganz sicher, von wem sie diese Nachricht erhalten hatte, wie der Unbekannte an ihre Nummer gelangt war und ob sie überhaupt hingehen sollte. Aber diese Nachricht war so geheimnisvoll und hatte in Lilly ein gewisses Verlangen, mehr zu erfahren, erzeugt. Und außerdem war der große See im Stadtpark ein richtiges Highlight und dort wimmelte es nur so von Menschen. Also, was sollte schon passieren? „Ja, ich werde es tun!", sagte Lilly in die Stille ihres Zimmers hinein, und streckte dabei die Hand (wie in einem kitschigen Film) nach oben, um ihre Worte noch einmal für sich zu bestätigen. Aber zuerst musste sie sich durch den Mathetest quälen. Das Gefühl von Lilly war allerdings nur mittelmäßig. Sie hatte zwar genug Zeit um alle Aufgabe zu lösen, aber trotzdem das Gefühl, das sie irgendetwas falsch gemacht hatte. Aber das war jetzt auch nicht mehr zu ändern. Lilly hatte ihr Blatt gerade abgegeben. In diesem Moment war ihr der Test auch ein bisschen egal. Übermorgen würde sie den geheimnisvollen „Mister X" treffen!

Schock!?

Es war soweit in … – Lilly schaute auf die Uhr – in genau acht Minuten und 25 Sekunden. Lilly war natürlich schon längst da. „Schön, dass du gekommen bist!" Diese Stimme kannte Lilly. Das war die Stimme des Mannes mit den unterschiedlichen Augenfarben. „Ich will dir sagen, warum ich dich treffen wollte. Ich bin ein Zeitreisender. Ich weiß, das klingt verrückt, aber es stimmt wirklich." Lilly blieb vor Staunen der Mund etwas offen stehen. Was sie da hörte, konnte sie doch nicht glauben. Aber vielleicht stimmte es ja wirklich und außerdem: Warum sollte der Mann lügen? „Wie reisen Sie denn durch die Zeit? Mit einer Maschine oder mit einem besonderen Gegenstand?", fragte sie stattdessen wissbegierig. „Nein, zum Zeitreisen brauche ich nichts dergleichen …." – „ Aber wie können Sie denn durch die Zeit reisen?", unterbrach ihn Lilly. „Ich muss ganz fest daran glauben, dass Zeitreisen wirklich existiert. Und dann stelle ich mir das Jahr vor, wohin ich reisen möchte und den Ort. Und dann …" – „ … und dann werden Sie in einen Strudel gerissen, der Sie mitnimmt", beendete Lilly den Satz. „Ja genau." – „Aber was hat das alles mit mir zu tun; ich meine, Sie werden es bestimmt nicht jedem erzählen, oder?", fragte sie. „Sind in letzter Zeit komische Dinge passiert?", entgegnete der Fremde. „Ja, ich hatte einen merkwürdigen Traum: Ich habe von zwei Männern geträumt, die von einem Mord geredet haben. Und einmal hat es bei uns geklingelt, aber nur ich habe die Klingel läuten hören." – „Nun, was das Klingeln betrifft, das war ich. Ich wollte dir in jenem Moment schon sagen, dass ich das Opfer aus deinem Traum bin." – „Was? Sie sind das Opfer?", Lilly starrte ihn ungläubig an. „Ja, und ich möchte, dass du das verhinderst", sagte der Mann. Es klang wie ein Befehl. Mit diesen Worten war der Mann verschwunden. Nur noch ein kleiner Zettel lag da, wo er eben gestanden hatte. Lilly hob ihn auf und las den Zettel. Darauf stand: „Ich bin Karl Benz, Erfinder des Autos." Soll ich ihm helfen, fragte Lilly sich selbst. Naja, er hat mir das alles erzählt … Darüber musste sie erst einmal nachdenken. Oder sollte sie jemandem davon erzählen? Vielleicht Luisa? Nein, Luisa glaubte an keine Magie. Sie würde sie nur für verrückt erklären.

Am nächsten Donnerstag …

„Lilly! Lilly! LILLY!", Luisa war laut geworden. „Ja was ist denn?", fragte die Gerufene ein wenig genervt. „Was denkst du, hast du im Mathetest?" – „Keine Ahnung", Lilly zuckte mit den Schultern. „Wir werden es ja bald wissen, schließlich haben wir gleich Mathe", fügte sie hinzu. Lilly nahm das Blatt, welches vor ihr lag und drehte es um. Eins minus stand da, fett in rot. Sie sah sich um. Ein paar ihrer Klassenkameraden hatten feuchte Augen. „Und was hast du?", fragte Luisa Lilly nach Schulschluss. „Eins minus", lautete die Antwort. „Und du?" – „Ne drei plus", antwortete Luisa gleichgültig. Lilly wusste, dass Schule ihr nicht so wichtig war. Luisa interessierte sich eher für gutes Aussehen. Sie wollte später auch einmal Model werden. „Und, was machst du heute Nachmittag noch so?", wechselte Luisa das Thema. „Gar nichts eigentlich", meinte Lilly. „Dann komm doch zu mir", lud Luisa sie ein. „Ja gerne, ich schreibe meinen Eltern nur noch, dass ich bei dir bin", sagte Lilly, die schon dabei war, eine Nachricht zu schreiben:

Ich bin bei Luisa, Bis ungefähr um sechs.
Liebe Grüße Lilly

„So, das war's", sagte Lilly, als sie ihr Handy einsteckte. Aber da es gleich noch einmal piepte, holte sie es sofort wieder aus der Hosentasche. Zwei neue Nachrichten waren erschienen. Eine von ihrer Mama und eine von Luca. Zuerst öffnete sie die Nachricht von ihrer Mutter:

Klar mein Schatz. Viel Spaß.
Kuss Mama

Und danach öffnete sie die Nachricht von Luca:

Kommst du heute nochmal wegen dem Referat zu mir?
Würde mich sehr freuen. Luca

Lilly tippte ihm schnell eine Nachricht:

Sorry, habe heute keine Zeit.
LG Lilly

„Können wir?", fragte Luisa eine Spur zu genervt. „Ja, wir können", sagte Lilly. Der genervte Ton von Luisa war ihr gar nicht aufgefallen. „Und, was wollen wir jetzt machen?", fragte Lilly ratlos, als sie bei Luisa angekommen waren. „Wollen wir Muffins backen? Wir haben noch eine Backmischung im Schrank", sagte Luisa.
Am Abend dachte Lilly an die Begegnung mit dem „Zeitreisenden". Sie beschloss, es auszuprobieren, in eine andere Zeit zu reisen. Sie stellte sich gerade hin, atmete tief ein und wieder aus und schloss die Augen. Sie glaubte ganz fest daran, dass Zeitreisen möglich ist und sie dachte an das Jahr 1885, kurz bevor Karl Benz seine Erfindung fertigstellte. Sie hatte sich im Internet genau über das Leben von Karl Benz informiert. Lilly

wurde in einen scheinbar unendlichen Strudel gerissen und war dann weg. Dafür kam sie tatsächlich im Jahr 1885 wieder heraus …

Eine ganz andere Zeit

In der alten Werkstatt roch es nach Holzspänen. Um mehr zu erkennen, strich sich Lilly eine schwarze Haarsträhne aus dem Gesicht. Sie erkannte am Ende des Raumes einen Mann; sie schätzte ihn auf Anfang Vierzig. Sie ging zu ihm herüber und tippte ihm auf die Schulter. Er drehte seinen Kopf und sagte: „Da bist du ja, Lilly, ich habe dich schon erwartet." – „Ja, ähm … ich habe mir gedacht, dass ich nichts falsch machen kann, wenn ich mal versuche, durch die Zeit zu reisen." – „Ich erkläre dir jetzt noch mal alle Einzelheiten zu dem Mord. Ich habe zufällig mal ein Buch auf der Straße gefunden. Ich war ungefähr zehn Jahre alt, aber ich begriff, dass es in dem Buch um Zeitreisen ging. Dort stand geschrieben, dass man nur ganz fest an das Zeitreisen glauben muss. Genau das habe ich dann getan. Und es hat tatsächlich geklappt. Ich konnte durch die Zeit reisen. Aber eines Tages bin ich in die Zukunft gereist und konnte sehen, wie mich zwei Männer ermorden wollten. Aus diesem Grund musst du mir helfen." Lilly wurde ganz kalt und sie bekam eine Gänsehaut; vielleicht war es doch keine gute Idee mit dem Zeitreisen, dachte sie. Es ging ja schließlich um ein schweres Verbrechen. Aber sie hatte es Karl ja versprochen. Sie würde ihm helfen! Außerdem war das Auto noch nicht fertig. Was würde werden, wenn es in der Zukunft keine Autos gäbe? Naja, für die Umwelt wäre es schon besser … aber auf so eine wichtige Erfindung konnte die Menschheit doch nicht verzichten! „Ich helfe Ihnen, aber Sie müssen mir sagen, was ich tun soll", sagte Lilly. „Also das machen wir so …", begann Karl und flüsterte Lilly den Rest seines Plans ins Ohr.

Lilly schmiege sich eng an die kalte Wand der Werkstatt Karl Benz'. Sie hatten vereinbart, dass er noch völlig ahnungslos an seiner Erfindung werkeln sollte. Plötzlich sah sie einen Schatten vorbeihuschen. Sie nahm ihr Handy und machte sich bereit, die letzte Aufnahme abzuspielen. Karl hatte es vorgeschlagen; er sagte, die Menschen hätten Angst vor Stimmen, deren Besitzer sie nicht sofort ermitteln konnten. Der Schatten näherte sich dem knienden Karl Benz. Lilly sprang aus ihrem Versteck und drückte auf *Play* … „Wage es nicht!", drang eine tiefe, verzerrte Stimme aus dem Handylautsprecher. Als die Gestalt die Stimme hörte, drehte sie sich um und rannte davon. Lilly wollte ihr folgen, wurde aber von Karl zurückgehalten. „Den bekommst du eh nicht mehr", sagte er. Er hatte wohl Recht. Und mit diesen Worten verließ er den Raum, ohne sich weiter um seinen Gast aus der Zukunft zu kümmern. Nun stand Lilly ganz alleine in der großen Werkstatt. „So eine Unverschämtheit!", dachte Lilly. „Lässt mich hier einfach stehen und bedankt sich nicht einmal." Immerhin hatte sie ihm gerade das Leben gerettet! Minuten verstrichen, ohne dass sie eine Idee hatte, was sie jetzt tun sollte. Zurückkreisen? Aber wenn sie jetzt schon einmal hier war, konnte sie sich das Leben in dieser Zeit ruhig einmal angucken. Es war zwar schon Nacht, aber sie konnte ja ein paar Stunden in der Zeit vorreisen. Sie ging raus auf die Straße. Gerade als sie die Augen schließen wollte, hörte sie ein leises Geräusch. Dort bei den Fässern saß eine Katze, die sie mit großen Augen ansah. Lilly wandte sich ab und schloss abermals die Augen. Sie konzentrierte sich … und schon war es ein paar Stunden später. Der Anblick, der sich ihr bot, war fantastisch. Sie stand direkt vor dem großen Marktplatz. Überall waren Stände aufgebaut, an denen alles Mögliche verkauft wurde: Schmuck, Obst, Gemüse, Karten, Stoffe, Töpferwaren, Fisch und Fleisch und Gewürze. Sie schlenderte an den Ständen vorbei. Als sie an dem Stand mit den Stoffen angekommen war, sah sie ein bekanntes Gesicht. Es war Karl! Sie ging zu ihm und sagte: „Die Idee mit dem Handy war brillant, ein echter Geniestreich. Aber ich fand es nicht okay, dass sie einfach so abgehauen sind." – „Wovon redest du bitte?", der Mann, den Lilly für Karl Benz hielt, sah sie fragend an. „Und was ist bitte ein Hää...dingsbums?" Lilly sah ihr Gegenüber mit großen Augen an. Wieso wusste er nichts mehr von dem Mordanschlag auf sich? Sie beschlich ein böser Verdacht. Aber um ganz sicher zu gehen, fragte sie lieber noch einmal nach. „Wer sind sie?" – „Ich bin Karl Benz", sagte er. „Können Sie das beweisen?", frage Lilly, obwohl sie sich sicher war, dass sie mit dem echten Karl Benz sprach. Da hatte sie eine Idee. „Erzählen sie mir etwas über ihre Erfindung!", forderte sie ihn auf. Als er zu erzählen anfing, verstand Lilly überhaupt nicht mehr, was er sagte. Sie war sich sicher, dass nur der echte Erfinder des Autos so fachlich darüber sprechen konnte. In diesem Moment fiel es ihr wie Schuppen von den Augen: Sie hatte einem Betrüger geholfen! Und am Anfang ihres Traumes waren es auch *zwei* Männer, die von einem Mord gesprochen hatten, aber in der Werkstatt hielt sich nur eine Gestalt auf! Aber warum hatte der Betrüger sich als Karl Benz ausgegeben? Das hatte doch überhaupt keinen Sinn! Und wie sollte sie es dem echten Karl beibringen? Sie beschloss, es so kurz wie möglich zu machen und fing an zu erzählen.

Als sie geendet hatte, fragte sie: „Wissen Sie vielleicht, wer der Betrüger sein konnte?" – „Du sagtest, er hatte zwei unterschiedliche Augenfarbe, ist mir aber ansonsten völlig aus dem Gesicht geschnitten?" – „Ja, ein grünes und ein blaues!", antwortete Lilly. „Dann kann es nur …" –„ Ja, wer kann es nur sein?", fragte Lilly ungeduldig. „Mein Bruder … aber das kann doch gar nicht sein! Ich dachte mein Bruder sei tot …" – „Sie haben einen Bruder?", fragte Lilly interessiert. „Ja er ist jünger als ich. Und nach dem Tod unserer Eltern haben wir uns aus den Augen verloren." – „Und Sie dachten er sei tot!", ergänzte Lilly. Er nickte. „Ich glaube, Ihr Bruder will sie umbringen. Aber warum?" In diesem Moment sah Lilly ein ihr bekanntes Gesicht. Das war der Bruder von Karl Benz. „Wissen Sie was? Wir stellen ihrem Bruder eine Falle. Ich führe ihn in Ihre Werkstatt und dann konfrontieren wir ihn mit unserem Wissen. Und vielleicht erzählt er uns ja den Grund für sein Vorhaben, wenn es überhaupt einen Grund für so eine abscheuliche Tat gibt!", erklärte Lilly ihren Plan. Danach schlenderte sie hinüber zu dem Betrüger und fragte ihn: „Können sie mir bitte etwas über ihre Erfindung erzählen? Bitte! Ich habe nämlich gedacht, wenn ich schon die Chance habe, echte Erfinder-Informationen zu hören, kann ich mir das doch nicht entgehen lassen!" Er willigte ein und führte sie zu *seiner* Werkstatt um ihr die Erfindung zu erläutern. Aber in der Werkstatt wartete schon der echt Karl Benz. Der Betrüger erstarrte. „Warum wolltest du mich umbringen?", platzte Karl heraus. Sein Bruder Erich begann traurig zu erzählen: „Du warst immer das Lieblingskind – und zwar von allen. Unsere Eltern kauften dir immer die neuen Sachen. Ich musste immer deine alten Sachen tragen! Und nur weil ich zwei Jahre jünger bin als du! Und in der Schule wurdest du immer bevorzugt und hattest viel mehr Freunde als ich. Eines Tages fand ich ein altes Buch auf der Straße. Es handelte von Zeitreisen und ich habe mir immer und immer wieder vorgestellt, das Zeitreisen möglich ist, bis es dann eines Tages klappte. Ich bin in der Zeit vorgereist, um zu sehen, wie ich später leben werde. Doch da erwartete mich eine böse Überraschung: Ich war sehr arm und lebte bei den Ratten in einer kleinen Gasse. Und als ich dann gesehen habe, wie viel Erfolg mein Bruder mit seiner Erfindung hatte, hat das ausgereicht um ... naja ... dich zu hassen. Und ich weiß auch nicht warum; wahrscheinlich weil du so viel Erfolg und ich keinen habe, war ich eifersüchtig und habe versucht, mich zu rächen. Ich reiste in der Zeit vor, um einem Mädchen oder einem Jungen zu erzählen, dass ich der echte Karl Benz sei. Irgendwann bist du mir aufgefallen, Lilly. Ich habe auch gemerkt, dass du irgendwann so einen komischen Traum hattest und da wusste ich dann, dass du die richtige, die Auserwählte warst. Dann habe ich dich angesprochen ...", an dieser Stelle unterbrach Lilly ihn: „Warum mussten Sie unbedingt ein Kind aus der Zukunft nehmen? Sie hätten ihren Bruder doch einfach so umbringen können." – „Ich brauchte einen Zeugen, dass es schon mehrere Anschläge auf Karl Benz gegeben hatte, und das ich meinem Bruder ein Glas Wasser oder dergleichen holte. Irgendetwas wäre mir eingefallen, um zu sagen, das er allein in der Werkstatt war, als das Unglück geschah. Ich hätte den Leuten erzählt, dass es leider meinen Bruder getroffen hatte. Davor bin ich nochmal in die Zukunft gereist, um mir deine Maschine genauer anzusehen. Ich würde nicht behaupten, das ich ein Experte bin, aber ich hätte deine Erfindung fertig bauen können. Und wenn sie mir dann immer noch nicht geglaubt hätten, wäre ich zu dir in die Zukunft gereist um dich als Zeugin für einen Anschlag auf mich zu haben. Allerdings musste er aus der Zukunft kommen, weil er sonst alles mitgekriegt oder Nachforschungen angestellt hätte. Und früher oder später wäre die ganze Sache herausgekommen, zumindest solange sich der aus der Zukunft damit beschäftigt hätte. Es tut mir schrecklich leid! Ich verstehe natürlich, wenn du jetzt nichts mehr mit mir zu tun haben möchtest! Ich würde mich aber freuen, wenn du mir vergeben könntest." Erich versuchte krampfhaft die Tränen zurückzuhalten, schaffte es aber nicht und fing dann richtig an zu weinen, so dass die Tränen nur so über sein Gesicht flossen. Karl nahm seinen kleinen Bruder in den Arm und sagte: „Natürlich verzeihe ich dir, ich hätte längst merken müssen, wie schlecht es dir geht! Weißt du was, ich brauche noch einen Gehilfen für meine Werkstatt. Was hältst du davon, mein Lehrling zu sein? Ich kann dir auch nochmal genau erklären, wie meine Erfindung funktioniert." Erich lächelte und umarmte seinen großen Bruder. Lilly kam sich ganz fehl am Platz vor und beschloss, wieder zu gehen. In diesem Moment wandte sich Karl nochmal an Lilly; „Danke für alles, was du für meinen Bruder und mich getan hast!" – „Vielleicht besuche ich euch ja mal!" Und mit diesen Worten schloss sie die Augen und verschwand.

Zur gleichen Zeit tauchte sie in ihrem Zimmer wieder auf. Es war immer noch 20:38 Uhr. Plötzlich fing ihr Handy an zu klingeln. „Eine Nachricht von Luca", wunderte sich Lilly. „Warum schreibt er mir wohl?" Sie öffnete die Nachricht und las:

Liebe Lilly,
ich habe mich zwar lang nicht getraut aber jetzt muss ich es dir sagen: ich habe mich in dich verliebt und wollte dich deshalb fragen ob du mit mir zusammen sein willst? Ich muss die ganze Zeit an dich denken! Und nach dem wir das Referat zusammen fertig gestellt hatten, wollte ich dich eigentlich persönlich fragen aber du hast geschrieben das du keine Zeit hasst. Und da habe ich gedacht, dass du mich vielleicht gar nicht magst. Deshalb möchte ich bitte, dass du dich so schnell wie möglich bei mir meldest!

Dein Luca

Noch während Lilly die Zeilen las, breitete sich in ihr ein wunderbares Gefühl aus; eine Mischung aus Glück und Liebe. Natürlich wollte sie mit Luca zusammen sein! Und das schrieb sie ihm auch gleich. Und auch Luisa musste sie die Neuigkeit sofort mitteilen.

Nele Heimann

Glück in den Sternen

Eine besondere Widmung geht an Giulia, Philip und Alma, weil ich meine Versprechen halte.

Zu mir kann ich folgendes sagen: Ich lebe in meiner perfekten Welt mit meiner perfekten Familie. Ich liebe das Leben! Jedoch lernte ich ihn kennen und er zeigte mir, dass es auch anders sein kann. Ihn. Verdammt, wie ich seine Augen vermisse. Verdammt, wie ich ihn vermisse! Aus diesem Grund werde ich seine Geschichte erzählen. Eine Geschichte über Liebe und Dunkelheit. Eine wunderschöne und traurige Geschichte. Ich schulde es ihm.

***

„Ella!", rief meine Mutter. Ich kam die Treppe herunter und antwortete: „Jaja, ich weiß, ich komme zu spät ..." Für mehr Verabschiedung blieb keine Zeit, denn ich war schon aus der Tür verschwunden und rannte zu meinem Fahrrad, das hinter dem Haus an eine Straßenlaterne gelehnt war.
Exakt acht Minuten später, eine Minute vor Schulbeginn, betrat ich den Raum und versuchte mir nicht anmerken zu lassen, wie sehr ich mich freute, pünktlich zu sein. Normalerweise brauchte ich zehn Minuten für den Weg. Schule ist eigentlich nicht meine liebste Beschäftigung und sie stiehlt sehr viel Freizeit, von der man sowieso nie genügend hat, aber nun bin ich hier und versuche das Beste daraus zu machen.
Sieben lange Stunden später verließ ich das Gebäude wieder und war froh, es die nächsten Wochen nicht betreten zu müssen, da die Ferien heute begannen. Ich beschloss, einen kurzen Abstecher zur Wiese zu machen. Die Wiese ist wunderschön, mit weichem Gras in sattem Grün und bunten Blumen. Ich lag oft auf dieser Wiese und blickte in den Himmel, bevor er kam. Bevor er mir bessere Orte zeigte, an denen ich nie alleine sein musste, da er immer bei mir war.
Auch heute lag ich einige Minuten da und blickte in den Himmel. Ich mag den Himmel. Er ist immer anders und man sieht darin so wenig und so viel zugleich. Manchmal gibt es Wolken und manchmal ist auch alles klar und blau. Ich stand wieder auf,

strich mein Kleid glatt und ging langsam zurück zu meinem Fahrrad, welches ich am Wegrand abgestellt hatte.

Während ich in die Pedale trat, sog ich möglichst viel von der warmen Sommerluft ein.

Dann kam die Stelle, an der ich immer schneller fuhr als sonst, denn hier war die sogenannte „Dunkelheit" aufgetreten. Die Dunkelheit ist eine Nebenwirkung unseres schönen Planeten. Ein Anzeichen dafür, dass nicht immer alles so schön sein kann, wie naive Menschen wie ich glauben. Wenn man ihr zu nahe kommt, wird alles ganz kalt und auf der Erde wachsen keine Pflanzen. Nur vereinzelte Nadelbäume stehen dort. Von den Erwachsenen wird immer gewarnt, diese schwarzgrau scheinenden Flecken nicht zu betreten, aber ich glaube, dass sie einfach nur Angst davor haben, was dort passieren könnte. Sie sagen, wer sie betritt, wird alles Glück, das er kennt, nicht mehr kennen. Er wird wie diese Landstücke. Traurig und von innen grau. Ich fuhr wie jeden Tag an der Dunkelheit vorbei. Mir wurde kalt und ich merkte, dass diese Kälte länger anhielt als sonst. Sie hatte sich ausgebreitet. Das war meine größte Angst: Dass die Dunkelheit alles bedecken würde und man nicht mehr glücklich sein könnte. Ich wünschte mir nichts sehnlicher, als dass die Dunkelheit verschwinden würde. Wünschte, denn nach der ganzen Geschichte bin ich mir sicher, dass ich damit leben könnte.

Zu Hause angekommen, nahm ich die Tageszeitung in die Hand und verweilte mit dem Blick auf einer Schlagzeile: „Suchen Sie Ihr Glück in den Sternen – Supernova – nur heute zu sehen." Das fand ich interessant und ich beschloss, mir dieses Ereignis aus der Nähe anzusehen. Bis zum Abend war aber noch ein bisschen Zeit, also fing ich an, mein Zimmer aufzuräumen, welches in der letzten Zeit etwas vernachlässigt wurde. Mit „I want to break free" im Hintergrund putzte ich mit einem Staubwedel über meinen Schrank. Ich klappte die Tür auf und legte mein Outfit zurecht. Mit dem Grundgedanken, dass es kalt werden würde, warf ich eine Jacke auf das Bett und legte eine Shorts und ein rotes T-Shirt dazu. Als ich das Kleid auszog, welches ich den Tag über getragen hatte, fiel der restliche Schulstress von mir ab und ich musste lächeln. Sommerferien.

Danach ging ich ins Bad, legte ein Handtuch bereit und stellte die Dusche an. Während das Wasser über meine Haut lief, dachte ich darüber nach, welche Menschen ich heute Abend treffen würde. Ob ich überhaupt jemanden treffen werde? Ich trocknete meine Haare und meinen Körper ab, wickelte mir das Handtuch um und ging zurück in mein Zimmer. Nachdem ich mich wieder angezogen hatte, trug ich etwas Mascara und Lippenstift auf. Ein Blick auf die Uhr verriet mir, dass ich die Zeit gut überbrückt hatte, denn meine Mutter würde jeden Moment zum Essen rufen. Zwei Minuten später kam, wie erwartet, der alltägliche „Ella! Mia! Essen!"-Ruf. Der Klang einer zuschlagenden Tür ertönte und ich hörte, wie meine ältere Schwester die knarzende Holztreppe hinunterging. Ich folgte ihr und berichtete, während ich mein Brot aß, von meinem abendlichen Plan. Meine Mutter meinte, dass es eine gute Idee wäre, wenn ich mal wieder unter Leute kommen würde.

Ich saß bereits einige Minuten auf einer Wiese im Gras, als die Sonne unterging. Es wurde plötzlich kalt – ohne die Sonne – und ich realisierte, dass ich meine Jacke vergessen hatte. Plötzlich, wie aus dem Nichts, ertönte eine Stimme: „Ist dir kalt?"

Ich schreckte herum und schaute ihn an. Mit seinen eisblauen Augen und den blonden Haaren, die ihm in die Stirn fielen, verzauberte er mich sofort. „Du kannst meine Jacke haben", sagte er und bevor ich etwas erwidern konnte, legte er mir eine braune Lederjacke über die Schultern. Er setzte sich neben mich ins Gras, lächelte mich an und hielt seine Hand zum Schütteln hin. Ich wollte den Gruß erwidern, aber meine Hand brauchte eine Weile, in seine zu finden, also sah das Ganze eher überfordert anstatt nach einer Begrüßung aus. „Hi. Ich bin Vincent." Ich konnte gar nicht aufhören, in seine Augen zu sehen.

„Ich heiße Ella. Ich hoffe, dir ist jetzt nicht kalt…"

„Ach Quatsch, das geht schon und wenn ich zittere, dann nur vor Wut, weil es nicht noch kälter ist", entgegnete Vincent lachend.

Ich musste lächeln. „Du bist hübsch, wenn du lächelst. Also nicht, dass du sonst nicht auch hübsch wärst, wenn du jeden Tag mit dem Fahrrad an mir vorbei fährst. Aber du bist hübscher, wenn du lächelst. Die meisten Menschen sind das. Ich bin froh, dass wir uns endlich kennenlernen!" Er stockte kurz. „Das klang so, als würde ich dich stalken … Das wollte ich damit nicht ausdrücken. Entschuldigung. Es wird nicht besser, oder?" Nach diesem kläglichen Versuch, sich zu retten, um nicht wie der größte Idiot

dazustehen, musste ich erneut lächeln. „Nein, wird es nicht", sagte ich. „Aber du darfst trotzdem hier bleiben."
„Eigentlich wollte ich dich jetzt wieder in Ruhe lassen, denn ich kann nicht gut mit Menschen, aber jetzt hast du meine Jacke und deshalb werde ich warten. Nein. Nur Spaß. Ich bleibe gern hier."
Also blieben wir zusammen dort sitzen und sahen einem fremden Stern beim Sterben zu. Es war wunderschön und die Stunden vergingen. Leider. Auch im Nachhinein würde ich diesen Moment gern für immer festhalten, in ein Glas stecken, es ganz fest zudrehen und neben mein Bett stellen.
Als ich wieder zu Hause war, ging mir Vincent nicht mehr aus dem Kopf. Ich dachte an ihn, bevor ich einschlief und ich dachte an ihn, nachdem ich aufgewacht war. Ich musste diesen Jungen wiedersehen. Ich wollte ihn wiedersehen. Also kehrte ich direkt nach dem Mittagessen zu der Wiese zurück, auf der wir gestern saßen. Mir fiel auf, dass nicht weit von meinem Platz entfernt alles dunkel war. Ob das gestern auch schon so war und mir nur nicht aufgefallen? Ich setzte mich ins Gras und ließ mir die Sonne ins Gesicht scheinen. Tatsächlich dauerte es nicht lange, bis eine Stimme erklang und ich mich umdrehen konnte, um in seine eisblauen Augen zu sehen: „Hi, was machst du schon wieder hier?" – „Ich habe kein Leben und viel zu viel Zeit. Deshalb sitze ich hier herum und warte, bis mir der Himmel auf den Kopf fällt."
„Echt?", er sah mich fragend an. „Nein. Ich wollte dich wiedersehen, aber wusste nicht, wie ich dich erreichen kann. Hast du ein Handy und möchtest mir deine Nummer geben?"
„Oh. Ähm … ja."
Ich reichte ihm mein Handy und er speicherte seine Nummer unter dem Namen „Stalker mit Lederjacke" ein. Anschließend setzte Vincent sich neben mich und wir fingen an zu reden. Über das Wetter und die Schule. Über Hobbys und unsere Lieblingsbücher. Plötzlich nahm er meine Hand. „Ella", sagte Vincent langsam, „eigentlich halte ich mich von Menschen fern. Ich baue nicht gern Bindungen auf, weil ich Angst davor habe, dass sie kaputtgehen. Für mich gab es bisher nur meine Mutter und mich. Jetzt ist das anders, weil du jetzt auch ein Teil meines Lebens bist und ich möchte gerne Zeit mit dir verbringen. Soviel Zeit wie möglich. Ich möchte einmal im Leben auf mein

gebrochenes Herz hören, denn vielleicht kannst du es ja wieder zusammensetzten …" Mein Herz klopfte. Dann tat ich etwas, was ich niemals von mir selbst gedacht hätte. Ich küsste ihn. Vincent starrte mich überrascht an. „Bevor du dir so sicher bist, Ella, möchte ich, dass du alles über mich weißt. Mein Vater hat sich umgebracht, als ich dreizehn war. Seit er tot ist, leide ich an Verlustängsten, die zu Depressionen führten. Seit er tot ist, kann ich nicht mehr glücklich sein. Das weiß nur meine Mum. Und jetzt du." Ich hielt im den Finger auf die Lippen, sodass er verstummte und wischte die Träne weg, die ihm aus dem Auge gerollt war, während er an seinen Vater gedacht hatte. „Ich verlasse dich nicht", versprach ich ihm. Er sah in meine Augen und wusste, dass das die Wahrheit war. Mit einem dankbaren Lächeln auf seinen Lippen kam er näher und drückte mir einen Kuss auf meine Lippen. Mein Herz hüpfte. Mir wurde wärmer. „Das war der schönste Moment in den letzten Jahren…", sagte Vincent. Ich antwortete: „Gemeinsam schaffen wir das." Ich glaubte fest daran. Er legte seinen Arm um mich und ich kuschelte mich an.

Als ich am Abend in meinem Bett lag und mein Handy in die Hand nahm, blitzte als erstes Vincents Kontakt auf. Ich öffnete die Nachrichten-App und schrieb ihm eine schöne „Gute-Nacht-Nachricht": Wie geht's dir? Ich liebe dich. Gute Nacht.

Die Antwort kam schnell: Hallo, Süße. Es ging mir nie besser. Schlaf gut. :-*

Es verlief einige Wochen so. Ich stand auf, radelte zur Wiese und traf mich dort mit Vincent. Es schien ihm wirklich besser zu gehen. Wir lachten viel und hatten tiefgründige Gespräche über den Sinn des Lebens, den Vincent nicht verstand. Es war so eine tolle, unbeschwerte Zeit. Ich liebte diesen Jungen immer mehr. Bei ihm konnte ich ich sein. Ich liebte ihn dafür, dass er mir immer die Wahrheit sagte und ich liebte seine Augen.

Aber natürlich war nicht alles gut.

Mitten in einer Nacht wurde ich durch ein Klingeln geweckt. Wo kam das her? Es dauerte eine Weile bis ich es als mein Handy identifizieren konnte. Ich war müde und ging mit brüchiger Stimme ran: „Hallo?" Es war Vincent: „Hi. Habe ich dich geweckt? Tut mir leid. Ich lass dich weiterschlafen." – „Nein, warte! Nicht auflegen! Was ist los?", schlagartig wurde ich wach.

„Ich kann nicht schlafen, können wir kurz telefonieren?"
Nach unserem Telefonat lag ich wach, denn ich konnte nicht
weiterschlafen. Die Uhr zeigte 3:45 Uhr. Ich schaltete Musik an
und hörte zu. Ich hörte lange zu. Bis die Playlist wieder von
vorne anfing. Irgendwann bin ich dann doch wieder
eingeschlafen, denn am nächsten Morgen weckte mich meine
Schwester erst zum Mittagessen.

Wenn er schwierige Phasen hatte, war ich bei ihm, redete mit ihm
und kuschelte viel mit ihm. Ich wusste nicht, ob das half, aber es
fühlte sich gut an. Besser jedenfalls, als gar nichts zu tun. Aber
nichts zu tun, wäre auch unmöglich gewesen, denn in schweren
Phasen hatte Vincent ein extrem vermindertes Selbstwertgefühl
und sprach oft darüber, dass er nichts wert und zu nichts gut war.
Er sagte auch oft, dass er einen schlechten Einfluss auf mich habe
und spätestens dann nahm ich ihn in meine Arme, wie man es bei
einem kleinen Kind tun würde, und drückte ihn an mich. „Ich lass
dich nicht alleine, das habe ich dir versprochen", antwortete ich
dann immer. Wenn er nachts nicht schlafen konnte, rief er oft an,
einfach um meine Stimme zu hören.

Als er einen vermeintlich guten Tag hatte, lag ich neben ihm auf
der Wiese. Etwas in seinem Blick verriet mir, dass es ihm nicht
gut ging. Noch schlechter, als ich dachte. Es waren seine Augen.
Sie hatten ihren Glanz verloren.

„Vincent? Bist du glücklich, wenn du mit mir zusammen bist?"

„Ja. Aber nicht glücklich genug …"

Ich richtete mich auf, um ihn ansehen zu können: „Wann bist du
glücklich genug?"

„Siehst du die Dunkelheit um uns herum? Sie wird durch echtes
Glück vertrieben. Glücklich genug bin ich, wenn sie weg ist.
Warum fragst du?"

„Ich finde nur, dass du kleine Fortschritte schon als Erfolg
ansehen solltest. Du musst ja nicht gleich alles erreichen. Andere
Leute sorgen doch auch dafür, dass sie verschwindet. Vincent, du
musst nicht immer denken, dass du alleine bist! Du musst nicht
alles alleine schaffen! Vincent. Ich habe den Eindruck, du erzählst
mir nicht, wie es dir wirklich geht!"

„Ella. Ich will dich da nicht mit hineinziehen. *Ein* trauriger
Mensch reicht. Wenn dir das alles mit mir zu viel wird, kannst du
gehen."

„Vinc. Ich will nicht gehen. Ich will dich nur glücklich machen", sagte ich leise. Wut stieg in mir auf. „Ich bin für dich da und das kannst du ruhig mal wertschätzen!", sagte ich etwas lauter. Erschrocken blickte er mich an: „Ich schätze das sehr. Aber ich tue dir nicht gut. Ich sehe doch, wie dir kalt wird, wenn du in meiner Nähe bist und wie du dich beherrschen musst, um hier zu bleiben, wo es dunkel ist. Ella. Du musst dich von mir fernhalten! Diesmal muss ich das alleine schaffen." Er ließ mir gar keine Zeit für irgendetwas, sondern stand einfach auf und ging. Ich saß da und wusste, dass er Recht hatte und das machte mich erneut wütend. Ich wollte ihm helfen, aber die Zeit in der Dunkelheit tat mir nicht gut, denn mir fiel immer mehr auf, dass ich morgens nur schwer aus dem Bett kam. Ich wollte nicht in diese Kälte, aber sie schien uns zu verfolgen. Immer, wenn wir uns ein sonniges Plätzchen gesucht hatten, blickte Vincent mich traurig an und die Dunkelheit schien nicht lange auf sich warten. Sie bewegte sich auf uns zu, es wurde kalt und wir saßen darin. Allmählich hatte ich mich damit abgefunden und deshalb machte es mich auch so wütend, dass er mir das jetzt unterstellte. Ich beschloss, ihm ein bisschen Zeit zu lassen, um ihm zu zeigen, dass ich gut für ihn bin und radelte nach Hause.

An diesem Tag bekam ich keine „Gute-Nacht-Nachricht" und am nächsten morgen auch keine. Es kam die ganze restliche Woche keine einzige Nachricht von ihm. Ich stand nicht auf und dachte daran, dass Vincent gerade versuchte, glücklich zu werden. Aber wie kann er glücklich werden, wenn er mich nicht bei sich hat? Das erste Mal, seit ich ihn kannte, weinte auch ich. Liebes-kummer. Er brauchte mich nicht. Ich ließ ihm und mir drei Tage Zeit, um sich darüber klar zu werden, dass wir uns gegenseitig brauchten. Länger hielt ich es nicht aus. Ich spürte diesen Knoten in meinem Bauch und überwand mich dazu, raus zu gehen. Ich musste ihn sehen. Diesmal wirklich. Ich ging aus dem Haus und bemerkte auf dem Weg, dass heute ein sehr schöner Tag war. Bunte Blumen standen am Straßenrand und die Sonne schien. Diese Wärme tat mir gut. Ich fühlte mich augenblicklich besser und lief schneller. Ich musste ihn sehen. Meinen glücklichen Vincent. Das war für mich die einzige Erklärung dafür, dass die Dunkelheit verschwunden war. Ich naives Mädchen. Er hatte es geschafft. Offensichtlich hatte es ihm wirklich gut getan, mich nicht ertragen zu müssen. Aber jetzt wollte ich ihn sehen, unter jeden Umständen. Ich kam rennend an unserer Wiese an. „Vincent", rief ich. „bist du hier? Ich liebe dich!" Er kam nicht. Ich setzte mich ins Gras. Er hatte seine Lederjacke hier vergessen, nachdem er zuletzt gegangen war. Ich legte sie mir über die Schultern, wie bei unserem ersten Treffen. Während ich dort saß, bemerkte ich einen Zettel in der Tasche und zog ihn heraus.

„Ella. Es tut mir leid. Es tut mir unendlich leid. Ich dachte, wenn ich dich so verlasse, wird es nicht so schlimm für dich. Meine Jacke darfst du behalten, falls du das möchtest. In Liebe, dein Stalker mit Lederjacke."

Wenn die ganze Geschichte ein Film gewesen wäre, würde jetzt im Hintergrund das Lied „Suicide is painless" laufen. Schlagartig wurde mir bewusst, wie dumm ich war. Vincent ging es nicht schlecht, weil die Dunkelheit ihn verfolgte, sondern die Dunkelheit verfolgte ihn, weil es ihm schlecht ging. Sie war nicht verschwunden, weil er glücklich lebte. Sie war verschwunden, weil er nicht mehr lebte. Als ich das realisierte, sank ich auf dem Boden zusammen, rollte mich ein und weinte. In diesem Moment, spürte ich förmlich mein Herz brechen. Ich hätte ihn nicht allein lassen dürfen. Ich habe es ihm doch versprochen. Es war alles meine Schuld. Das tat alles furchtbar weh. Ich weiß nicht, wie lang ich da lag, und was dafür sorgte, dass ich mich irgendwann dazu aufraffte, nach Hause zu gehen, aber als das passierte, merkte ich, dass ich verfolgt wurde. Von der Dunkelheit.

***

Ich schlage meine Augen auf und werde von sehr hellem Licht geblendet. „Bin ich im Himmel?", frage ich in das Licht hinein. „Nein, zum Glück. Man bin ich froh, dass du hier bist. Was machst du für Sachen?", antwortet eine Stimme. Ich blinzele und meine Sicht wird klarer. Ich sehe Vincent, der meine Hand hält und meine Familie, die sich weinend in den Armen liegt. Ich bin im Krankenhaus. „Was ist passiert?", frage ich. „Du hast versucht, dich umzubringen, nachdem du mir klar gemacht hast, dass ich ohne dich besser dran bin, du Dumme!" Er küsst mich. „Ich bin so froh, dich zu sehen. Ab jetzt lasse ich dich nie mehr alleine!", sagt Vincent mit einem Lächeln auf den Lippen und einer Träne im Augenwinkel, die er schnell wegwischt. „Was ist mit der Dunkelheit?", frage ich. „Dunkelheit?", alle sehen mich fragend an. „Ella. Wenn du damit deine Depressionen meinst: Du bekommst jetzt Hilfe! Du bist nicht mehr allein!", meine Mutter drückt mich fest an sich.

Emma Pastuschek

Fantasia

1. Ein komischer Traum

Ich bin Linea. Ich bin zehn Jahre alt und komme morgen auf's Gymnasium. Ich liege gerade im Bett und versuche zu schlafen, doch ich kann nicht schlafen. Ich kenne niemanden aus der neuen Klasse. Ob ich schnell neue Freundinnen finde, frage ich mich. Dann ist es schon um elf. Ich muss jetzt einschlafen, morgen wird ein anstrengender Tag, rede ich mir ein. Endlich schlafe ich ein.

Ich träume etwas Komisches: Ich bin an einem Ort, den ich vorher noch nie gesehen habe. Ich sehe Einhörner, Elfen, Hexen und Meerjungfrauen. Vor mir flattert eine Elfe. Sie sagt: „Hallo, ich bin Elfi. Du bist in Fantasia. Das ist eine andere Welt. Unsere Königin Aurelia wurde entführt. Sie ist eine Meerjungfrau. Du musst sie retten!"

Ich verstehe überhaupt nichts mehr. „Aber warum ich?", frage ich. „Du bist auserwählt." Die Elfe gibt mir eine Kette. An der Kette hängt ein Stein aus Rosenquarz.

Ich wache auf. Um meinen Hals entdecke ich die Kette. Das ist unmöglich; das war doch nur ein Traum, oder?

2. Der erste Schultag

Egal, es ist schon halb sieben, bemerke ich. Schnell ziehe ich mich an und frühstücke. Dann putze ich Zähne. Mit dem Fahrrad fahre ich zur Schule.

Die Schule ist in unserer Straße. Ich laufe in den dritten Stock. Dort ist unser Klassenzimmer. Vor Aufregung traue ich mich erst nicht, die Tür zu öffnen. Dann gehe ich hinein. In der Klasse sitzen elf Mädchen und zwölf Jungen. Ich will mich neben drei nett aussehende Mädchen setzen, doch dann fällt mir auf, dass die Mädchen sich schon kennen und Freundinnen sind. Ich traue mich nicht. Es sieht so aus, als haben alle schon Freunde gefunden.

Also setze ich mich einfach in die erste Reihe. Neben mir sitzt noch niemand. Wer sich da wohl hinsetzen wird, frage ich mich. Da kommt Frau Schmidt, unsere Klassenlehrerin, ins Klassenzimmer. Alle sind still. „Guten Morgen!", sagt Frau Schmidt. „Guten Morgen!", ruft die Klasse. „Fiona fehlt", sagt Frau Schmidt.

In diesem Moment kommt ein Mädchen herein. Es sagt: „Entschuldigung, ich habe verschlafen!" Das Mädchen, das anscheinend Fiona heißt, setzt sich neben mich.

Nun geht der Unterricht los. In der ersten Stunde spielen wir Kennenlernspiele. In der zweiten Stunde haben wir Musik. Dann ist Pause. Ich setze mich auf eine Bank und esse mein Frühstück. Da kommt Fiona. Sie setzt sich neben mich.

„Hallo Linea", sagt sie, „hast du hier Freundinnen?" – „Nein", antworte ich.

Auf einmal entdecke ich, dass Fiona auch eine Rosenquarzkette trägt. Die Kette sieht genauso aus wie meine. Vorsichtig frage ich Fiona: „Woher hast du die Kette?" Sie antwortet: „Das weiß ich selber nicht so richtig." Dann bemerkt sie, dass ich die gleiche Kette trage. „Du hast ja auch so eine Kette", sagt sie.

Dann klingelt es. „Komm, wir müssen wieder rein", sage ich.

Wir haben Deutsch. Ich kann mich nicht konzentrieren und denke immer wieder: Warum hat Fiona die gleiche Kette wie ich?

In Deutsch sollen wir einen Aufsatz über unsere Sommerferien schreiben. Ich schreibe:

In der ersten Woche meiner Sommerferien war ich in einem Reitcamp. Dort bin ich jeden Tag geritten. In den weiteren fünf Wochen war ich mit meinen Eltern und meiner kleinen Schwester Elea an der Ostsee. Dort haben wir ein Ferienhaus. Es war sehr warm. Wir waren fast jeden Tag am Strand. Am Strand haben wir gebadet, Sandburgen gebaut, gelesen ... An manchen Tagen haben wir aber auch Radtouren gemacht. Elea saß in meinem Fahrradanhänger, weil sie erst zwei ist und deshalb noch nicht Fahrrad fahren kann. Meine Sommerferien waren sehr schön.

Dann ist die Stunde um. Jetzt haben wir Mathe. Die Stunde dauert ewig. Endlich ist sie zu Ende.

Es ist Mittagspause. Es gibt Nudeln mit Tomatensoße. Ich setze mich neben Fiona. Sie fragt mich: „Wo hast du deine Kette eigentlich her?" Ich antworte: „Ich weiß nicht, ob ich es dir sagen darf." Die Pause ist zu Ende. Wir haben noch zwei Stunden Kunst. Dann haben wir Schluss.

3. Zu Hause

Ich fahre mit meinem Fahrrad nach Hause. Dort mache ich schnell meine Hausaufgaben. Ich bin alleine zu Hause. Ich packe meinen Ranzen. Auf dem Esstisch entdecke ich einen Zettel. Darauf steht:
Liebe Linea, hole Elea bitte vom Kindergarten ab. Ich komme erst halb sechs. Hab dich lieb. Küsschen, Mama.
Der Kindergarten ist nicht weit von hier entfernt. Also schwinge ich mich auf mein Fahrrad und hole Elea ab. Dann setze ich sie in meinen Fahrradanhänger und fahre zurück nach Hause.
Ich spiele mit Elea. Endlich kommt Mama. Ich helfe Mama beim Abendbrot machen. Halb sieben kommt dann auch Papa nach Hause und wir essen Abendbrot. Elea und ich gucken noch ein bisschen Fernsehen. Dann mache ich mich bettfertig und gehe ins Bett. Ich schlafe gleich ein.

4. Noch ein Traum

Wieder träume ich, dass ich in Fantasia bin. Die Elfe sagt: „Du darfst niemandem außer einer einzigen Person von Fantasia erzählen. Überlege genau, wem du von Fantasia berichtest. Ist es die falsche Person, wird Fantasia untergehen." Ich will auf keinen Fall, dass Fantasia untergeht, denke ich.
Dann wache ich auf. Irgendwie ist das komisch. Immer noch habe ich die Kette um. Fiona hat die gleiche Kette und ich habe schon zweimal von Fantasia geträumt. „Könnte es etwa sein, dass es Fantasia wirklich gibt?", denke ich.
Jetzt muss ich aber aufstehen, sonst komme ich zu spät zur Schule.

5. Die Verabredung

In der ersten und zweiten Stunde haben wir Englisch.
In der Pause frage ich Fiona: „Weißt du jetzt, woher du die Kette hast?" Sie antwortet: „Ja, aber ich darf es nur einer Person erzählen und ich weiß nicht, ob du diese Person bist." – „Okay",

sage ich nur. Ich denke: Ich muss mit Fiona reden, vielleicht ist sie die Person, der ich von Fantasia erzählen darf.

Die nächsten Stunden bis Schulschluss dauern ewig. Nach Geschichte, Sport und Geographie ist der Schultag endlich zu Ende.

Ich sage zu Fiona: „Ich muss mit dir reden. Wollen wir uns heute treffen?" Sie antwortet: „Ich habe heute bis halb vier Geigenunterricht. Aber ich kann meine Eltern fragen, ob ich danach zu dir kommen kann. Wo wohnst du?" – „In der Birkenallee 1. Das ist die Straße, in der die Schule ist", antworte ich.

Ich fahre nach Hause. Dort frage ich meine Eltern, ob Fiona heute halb vier kommen kann. Natürlich sagen sie ja.

Dann mache ich meine Hausaufgaben. Ich kann mich aber nicht wirklich konzentrieren, denn immer wieder geht mir die gleiche Frage durch den Kopf: Was genau soll ich eigentlich zu Fiona sagen?

Ich gucke auf meine Uhr. Es ist erst halb drei.

Plötzlich klingelt es an der Tür. Aber Fiona kommt doch erst in einer Stunde, denke ich.

Schnell renne ich die Treppe hinunter, öffne die Tür und sehe ... Fiona? Wieso kommt sie jetzt schon?

Fiona sagt: „Geigenunterricht ist heute ausgefallen!"

Okay, dann ist meine Frage jetzt geklärt. „Komm rein", sage ich. Ich führe Fiona in mein Zimmer.

„Was wolltest du mir eigentlich sagen?", fragt Fiona mich. Ich fange an: „Also ... äh die Kette äh … kann es sein, dass...", ich kann einfach nicht weiter reden. Fiona schaut mich fragend an: „Was ist mit welcher Kette?"

Ich fange noch mal an: „Woher hast du die Kette?", ich zeige auf die Kette die sie trägt. „Ich muss es wissen, bitte!".

Plötzlich habe ich das Gefühl, dass Fiona weiß, was ich von ihr will. Sie fragt: „Was hast du in den letzten Nächten geträumt?" Ich zögere erst, doch dann wird mir klar, dass Fiona diese Frage nicht stellen würde, wenn sie Fantasia nicht kennen würde. „Äh … Fantasia?", antworte ich flüsternd. Doch trotz des Flüsterns hört Fiona meine Antwort. „Ich … ich auch!", sagt sie.

„Hast du eine Ahnung, wie wir nach Fantasia kommen?", fragt sie dann. „Nein", antworte ich. „Vielleicht mit der Kette", füge ich hinzu. „Gute Idee!", antwortet Fiona.

Also schauen wir uns die Ketten genauer an. Wir entdecken in der Mitte jedes Rosenquarzes einen kleinen, leuchtenden Diamanten. Wir schauen sie uns genauer an und berühren sie.

6. Wir sind in Fantasia!

Plötzlich dreht sich alles um uns und wir heben ab. Ich werde ohnmächtig.
Als ich wieder aufwache liege ich auf einer bunten, wunderschönen Blumenwiese und neben mir liegt Fiona.
An irgendetwas erinnert mich die Blumenwiese. Dann fällt es mir ein: Fantasia! Ich stehe auf. Dann sehe ich, dass Elfi über mir fliegt. Jetzt steht auch Fiona auf.
Elfi sagt: „Ihr habt nur noch wenig Zeit. Zurzeit ist eine Supernova am Himmel zu sehen. Immer wenn eine Supernova erlischt, wählen wir eine neue Königin. Und wenn Aurelia bis dahin nicht wieder auftaucht, muss die Wahl ohne sie stattfinden und Kolura, eine sehr böse Hexe, wird über Fantasia herrschen und Fantasia wahrscheinlich vernichten."
„Das klingt ja schrecklich!", ruft Fiona erschrocken. „Und wie lange dauert so eine Supernova?", erkundigte ich mich. „Das kann ganz unterschiedlich sein. Sie kann ein paar Tage, aber auch einige Wochen dauern!"

7. Kolura

Plötzlich fliegen drei Fledermäuse vorbei.
Elfi sagt: „Das sind die Fledermäuse der Hexe Kolura." – „Wir können ihnen zu Koluras Haus folgen, um etwas über Kolura herauszufinden", schlage ich vor. „Niemand hat sich bisher in Koluras Haus getraut", sagt Elfi mit einer angsterfüllten Stimme. Trotzdem folgen wir den Fledermäusen.
Als wir vor dem Haus ankommen, bekommen wir auch etwas Angst. Es sieht nämlich noch gruseliger aus, als wir es uns vorgestellt haben.
Leise schleichen wir in den Garten. Dort wachsen sehr viele Kräuter. An der Tür hängt ein Zettel. Darauf steht in krakeligen

Buchstaben:

„Nicht zu Hause - Betreten verboten!"

Trotz dieser Warnung öffnen wir vorsichtig die Tür. Ich entdecke ein Buch, auf dem steht: „Koluras Hexentagebuch."

Ein Tagebuch! Mehr brauchen wir doch gar nicht, um etwas über Kolura herauszufinden. Also nehme ich das Tagebuch und wir schleichen uns wieder nach draußen. „Puh, geschafft!", stöhnt Fiona. Doch in diesem Moment kommt Hexe Kolura in den Garten. Wir erschrecken. Ich klammere mich an Elfi.

Wir wollen unbedingt wieder zurück auf die Blumenwiese, doch das geht nicht – zumindest nicht jetzt.

Doch dann fallen mir unsere Ketten ein. Mit ihnen könnten wir nach Hause und wenn wir dann noch mal auf sie drücken, sind wir wieder auf der Blumenwiese.

Deshalb rufe ich Fiona zu: „Drück auf die Kette!"

8. Das Tagebuch

Wir drücken beide auf unsere Ketten. Und landen … auf der Blumenwiese? „Hä?", sagt Fiona.

Elfi erklärt: „Ihr kommt mit der Kette dahin, wo ihr wollt, wenn ihr es euch wünscht." – „Cool!", sage ich.

Dann will ich das Tagebuch öffnen, merke aber, dass es mit einem Schloss verriegelt ist. „Mist!", sagt Fiona.

Ich schaue mir das Schloss genauer an. Dann merke ich, dass es genauso aussieht, wie die Diamanten an den Anhängern unserer Ketten. Das teile ich Fiona und Elfi sofort mit.

Dann versuchen wir das Schloss mit den Anhängern zu öffnen. Und tatsächlich, es funktioniert! Fiona will auf die letzte beschriebene Seiten blättern, doch plötzlich blättert das Buch von selbst auf eine Seite, die ungefähr in der Mitte des Buches ist.

Auf dieser Seite steht:

Es ist schrecklich, eine böse Hexe zu sein. Ich wünschte, ich wäre eine gute Hexe! Es gibt sogar ein Rezept für einen Zaubertrank, der die Wirkung hat, dass man, wenn man böse ist, lieb werden kann. Die Zutaten sind: eine Sonnenstrahlwurzel, Sternschnup-penwasser, Mondscheinkraut, eine Prise Wolkensalz und ein Regenbogenblütenblatt. Die Zubereitung geht so: Erwärme das

Sternschnuppenwasser in einem Hexenkessel. Streue eine Prise Wolkensalz hinein. Weiche die Sonnenstrahlwurzel darin auf und lege das Mondscheinkraut hinein. Zum Schluss gibst du das Regenbogenblütenblatt dazu. Das Regenbogenblütenblatt ist die wichtigste und wirkungsvollste Zutat. Doch es gibt da ein kleines Problem: Ich habe alle Pflanzen, die es in Fantasia gibt, außer Regenbogenblumen. Regenbogenblumen sind sehr selten. Sie wachsen nur in der letzten Nacht eine Supernova genau um Mitternacht, wenn ein Regenbogen zu sehen und Vollmond ist. Außerdem wächst dann auch nur eine einzige Regenbogenblume auf der Regenbogeninsel.

„Wir müssen die Regenbogenblume finden!", sagt Fiona. Ich will das Buch schließen, doch plötzlich blättert das Buch wieder auf eine Seite, diesmal die letzte geschriebene Seite des Buches. Auf dieser Seite steht:

Heute habe ich Aurelia entführt. Ich habe sie sehr gut versteckt. So kann sie nicht zur Königin gewählt werden und ich werde über Fantasia herrschen!

„Sie hat Aurelia entführt?", frage ich. „Anscheinend schon", sagt Fiona.

9. Wahrsagerin Alisa

„Wie sollen wir Aurelia eigentlich befreien?", frage ich. „Na mit dem Zaubertrank!", antwortet Fiona. „Aber wie sollen wir die Regenbogenblume finden? Wir wissen nicht, wann die letzte Nacht der Supernova ist, außerdem muss auch noch Vollmond sein und einen Regenbogen in dieser Nacht – das geht doch gar nicht, oder?", sage ich. „Denk daran, in Fantasia ist alles möglich", erinnert mich Fiona.

„Ich hätte da so eine Idee, wie wir herausfinden, wann die letzte Nacht der Supernova ist", sagt Elfi „Wir fragen Alisa, die Wahrsagerin!" – „Und wie bekommen wir den Rest hin?", frage ich. „Das werden wir dann sehen", sagt Elfi. „Wie kommen wir eigentlich zu der Wahrsagerin?" – „Wir fliegen auf Sternchen!" Da fliegt ein wunderschönes Einhornfohlen vorbei und landet auf der anderen Seite der Blumenwiese. „Ist das Sternchen?", frage ich. „Ja!", sagt Elfi.

Also steigen wir auf Sternchens Rücken und fliegen zu Alisa.
Alisa wohnt in einem kleinen, aber schönen Haus. Fiona klopft an
der Tür. Alisa öffnet sie. „Hallo, was wollt ihr wissen?", fragt
Alisa. Fiona antwortet: „Wir würden gerne wissen, wann die
letzte Nacht der Supernova ist." – „Setzt euch!", sagt Alisa.
Dann zeigt sie uns drei Karten, auf denen bunte Bilder gemalt
sind. Auf einer Karte ist ein Drache, auf einer anderen ein Zwerg
und auf der dritten eine Elfe zu sehen.
Alisa fragt: „Welches Bild hat am meisten mit eurer Frage zu
tun?" Wir überlegen laut.
Fiona sagt zu Elfi: „Ich würde sagen: das Bild mit der Elfe.
Schließlich bist du ja eine Elfe."
Alle stimmen zu. Alisa liest vor, was auf der Rückseite der Karte
steht: „Die letzte Nacht der Supernova wird schon diese Nacht
sein. Ich weiß, ihr braucht Hilfe. Ich gebe euch einen Tipp:
Schaut euch das Bild genauer an, dann erfahrt ihr mehr."
Wir schauen uns das Bild sehr genau an. Auf dem Bild ist auch
noch ein Mond zu sehen und die Elfe hat ein Kleid an, auf dem
viele Monde aufgenäht sind.
„Das ist doch Luna, die Mondelfe!", sagt Elfi. Auf einmal geht
auch mir ein Licht auf: „Wir könnten Luna fragen, ob sie diese
Nacht Vollmond zaubern kann." – „Gute Idee!", sagt Elfi. „Vielen
Dank!", rufen wir Alisa zu und dann sind wir auch schon
verschwunden.

10. Drei Elfen

Wir schwingen uns wieder auf Sternchen und fliegen zu Luna.
Ich frage sie: „Kannst du diese Nacht Vollmond zaubern?" Fiona
redet weiter: „Es ist zum Wohl der Königin Aurelia." – „Na wenn
das so ist, gerne!" – „Danke, danke!", rufen wir alle. „Und
vergiss es bitte nicht, es ist sehr wichtig!"
Dann gehen wir wieder nach draußen. Wir fliegen auf Sternchen
zurück zur Blumenwiese. Dort überlegen wir, wie wir das mit
dem Regenbogen hinkriegen könnten.
„Gibt es vielleicht auch eine Regenbogenelfe?", fragt Fiona.
„Nein, eben nicht!", antwortet Elfi. „Für ein Regenbogen muss
die Sonne scheinen", sagt Fiona. „Und es muss regnen", füge ich

hinzu.

„Das ist es!", ruft Elfi plötzlich. „Was?", wir schauen Elfi fragend an. „Wir fragen die Sonnenelfe Sonja nach Sonne und die Wasserelfe Tau nach Regen."

„Perfekte Idee!", rufen wir begeistert.

Dann fliegen wir auf Sternchen zu Sonja, der Sonnenelfe. Elfi klopft an der Tür.

„Hallo, wer seid ihr denn?", fragt Sonja. „Wir sind Linea und Fiona. Wir kommen von der Erde und sind hier, um Königin Aurelia zu retten. Dazu brauchen wir deine Hilfe!", antwortet Fiona. „Wie kann ich euch helfen?", fragt Sonja. „Indem du diese Nacht genau um Mitternacht Sonne zauberst!", antworte ich. „Okay, einverstanden!", sagt Sonja. „Vielen Dank!", rufen wir. „Wollt ihr noch ein paar Sonnenplätzchen essen? Ich habe gerade welche gebacken!" – „Gerne, aber schnell. Wir haben nur wenig Zeit!" Die Plätzchen schmecken köstlich. Doch als jeder drei Plätzchen gegessen hat, müssen wir auch schon los.

Wir fliegen auf Sternchen zu Tau, der Wasserelfe. An Taus Haustür hängt ein Schild. Darauf steht:

„Bin am Meer!"

Also fliegen wir zum Meer. Am Meer sieht man Meerjungfrauen und viele kleine Inseln. Dann entdecken wir Tau. Sie schwebt über dem Meer. Tau hat wunderschöne meerblaue Augen und langes, blondes Haar. Auf dem Rock, den sie trägt, sind viele kleine, schillernde Regentropfen zu sehen.

„Tau!", ruft Elfi. Sofort kommt Tau angeflogen. „Ja, was ist?", fragt sie. „Wir brauchen deine Hilfe, um Aurelia zu befreien!", sagt Fiona. „Was kann ich dafür tun?", fragt Tau. „Diese Nacht muss es unbedingt regnen." – „Da regnet es sowieso", antwortet Tau. „Perfekt!" und „Trotzdem vielen Dank!", rufen wir.

11. Einbruch in Koluras Garten

Wir fliegen wieder zurück zur Blumenwiese. Dort schauen wir uns die Zutaten für den Zaubertrank nochmal an. Fiona fragt: „Wo wollen wir die Zutaten eigentlich herbekommen?" – „Wir müssen irgendwie in Koluras Garten einbrechen!", antworte ich. „Aber wie?" – „Keine Ahnung!", sagt Elfi.

„Was ist eigentlich Sternschnuppenwasser?", frage ich, in das Tagebuch vertieft. Elfi antwortet: „Sternschnuppenwasser ist Wasser vom Sternschnuppenwasserfall. Wenn man von diesem Wasser trinkt, ist man für einige Zeit unsichtbar. Umso mehr Wasser man trinkt, umso länger ist man unsichtbar." – „Das ist voll cool!", sage ich.

„Das ist es!", ruft Fiona auf einmal. „Was denn?", Elfi und ich gucken Fiona fragend an. „Na, wenn wir etwas von dem Sternschnuppenwasser trinken, werden wir unsichtbar und können unbemerkt in Koluras Garten einbrechen!" – „Gute Idee!", rufe ich. „Na dann, los geht's!", ruft Elfi. Wir fliegen auf Sternchen zum Sternschnuppenwasserfall. Jeder trinkt einen großen Schluck Sternschnuppenwasser. Es schmeckt köstlich, besser als Limonade. Sofort sind wir unsichtbar. Wir nehmen auch gleich etwas Wasser für den Zaubertrank mit. Dann fliegen wir zu Koluras Haus. Das Tagebuch haben wir auch dabei. Darin sind alle Zutaten nicht nur aufgeschrieben, sondern auch aufgemalt.

Wir haben bis jetzt erst zwei Zutaten gefunden.

„Es dauert länger als ich gedacht habe", flüstert Elfi uns zu. „Das Sternschnuppenwasser wird nicht mehr lange reichen!"

In diesem Moment kommt auch noch Kolura in den Garten. „Oh nein, wie sollen wir das schaffen?", flüstert Fiona mir zu. „Wir könnten noch mal zum Sternschnuppenwasserfall fliegen", schlage ich vor. „Nein, das würde Kolura doch auffallen", antwortet Fiona. „Wir können doch das Wasser nehmen, das wir für den Zaubertrank mitgenommen haben." – „Gute Idee!" Wir trinken etwas von dem Wasser.

Wir suchen noch die restlichen Zutaten. Dann nehmen wir alle Zutaten und fliegen zum Sternschnuppenwasserfall. Dort holen wir noch etwas Wasser für den Zaubertrank. Wir fliegen zurück zur Blumenwiese und legen dort alle Zutaten ab.

12. Verrückt!

Es ist schon Abend geworden.

Ich frage Elfi: „Vermissen uns unsere Eltern eigentlich?" Sie antwortet: „Nein, solange ihr hier seid, vergeht in eurer Welt

keine Zeit."
Elfi wohnt hier auf der Blumenwiese. Sie ist nämlich eine Blumenelfe. „Wo schlafen wir eigentlich bis Mitternacht?", fragt Fiona. „Komm mit!", sagt Elfi. Sie zeigt uns eine Stelle, an der besonders weiches Gras und Moos wächst, direkt unter einem Baum. Wir sind sehr müde und schlafen deshalb gleich ein. Ich habe einen Traum, der sehr verrückt ist: Wir haben Mathe bei Elfi. Wir lernen, wie man nach Fantasia kommt. Fiona und ich spielen Geige. Dann kommt Luna, die Mondelfe, zu spät zu mir nach Hause. Elea fliegt auf Sternchen vorbei. Sonja zaubert Regen. Kolura schläft auf der Blumenwiese. Dann gehen wir alle wieder in die Schule. An der Schule hängt ein Schild, auf dem steht: „Niemand zu Hause – Betreten verboten!"

13. Die Regenbogenblume

„Aufwachen, Schlafmütze!", höre ich Elfi rufen. „Wir müssen los!" Wir drücken auf unsere Ketten und wünschen uns, dass wir auf der Regenbogeninsel sind. Es klappt! Auf der Regenbogeninsel regnet es und es ist Vollmond, doch die Sonne ist nirgends zu sehen. Wir warten. Endlich, um Punkt zwölf Uhr, fängt die Sonne an zu scheinen. Wir sehen einen wunderschönen Regenbogen.
„Und wo ist jetzt die Regenbogenblume?", frage ich. Wir schauen uns um. „Ich glaube, ich sehe sie!", ruft Fiona. Sie zeigt auf eine hell leuchtende Blume. Jedes einzelne Blütenblatt ist in den Regenbogenfarben: ganz innen ein leuchtendes Rot, dann ein schimmerndes Orange und ein helles Gelb, das Grün glänzt in der Dunkelheit, dann kommt ein wunderschönes Türkis und ein funkelndes Blau und zuletzt ein zartes Violett. Vorsichtig pflückt Elfi die Blume.
Wir drücken wieder auf unsere Ketten und landen auf der Blumenwiese.

14. Der Zaubertrank

Ich lese noch einmal das Rezept für den Zaubertrank vor:
„Erwärme das Sternschnuppenwasser in einem Hexenkessel!"
Fiona unterbricht mich: „Woher bekommen wir denn einen
Hexenkessel?" – „Elfen können auch kleine Dinge zaubern, die
nicht zu ihrem Element gehören", antwortet Elfi. Sie murmelt
einen Zauberspruch und dann steht direkt vor uns ein
Hexenkessel.
Wir kippen das Sternschnuppenwasser in den Kessel und
erwärmen es. Ich lese weiter: „Streue eine Prise Wolkensalz
hinein!" Das machen wir. „Weiche die Sonnenstrahlwurzel darin
auf und lege das Mondscheinkraut hinein. Zum Schluss gibst du
das Regenbogenblütenblatt dazu."
Wir machen alles genau so, wie es in dem Buch steht und am
Ende glitzert und leuchtet es. Wir füllen etwas von dem
Zaubertrank in ein Fläschchen ab und fliegen auf Sternchen zu
Koluras Haus. Dann schleichen wir uns hinein, bis in ihr
Schlafzimmer. Kolura schnarcht. Dabei öffnet und schließt sie
den Mund. Immer, wenn sie den Mund öffnet, träufelt Fiona ein
paar Tropfen des Zaubertranks in den Mund. Das machen wir
eine Zeit lang, bis das Fläschchen leer ist.
Dann fliegen wir zurück und schlafen eine Weile.

15. Am nächsten Morgen

Früh wachen wir am nächsten Morgen auf, denn wir wollen zu
Kolura fliegen.
Als wir bei ihr ankommen, sagt sie freundlich: „ Guten Morgen!"
Es hat geklappt! Unser Zaubertrank hat gewirkt! Aber Kolura
sieht irgendwie traurig aus. „Was ist los?", fragt Elfi. „Wisst ihr,
ich bin durch einen Zaubertrank gut und freundlich geworden und
ich fühle mich viel besser, aber ..." – „Das wissen wir alles
schon!", unterbrechen wir sie. „Aber, woher?", fragt Kolura
erstaunt.
Und dann erzählen wir alles ganz genau. Von dem ersten Traum
bis jetzt. „Aber wieso bist du so traurig?", fragt Fiona dann. „Das
ist so: Ich bin jetzt gut, aber keiner außer euch wird es mir

glauben und ich weiß nicht, wie ich es allen beweisen soll."
Wir überlegen kurz. „Ich hätte da so eine Idee: Du befreist
Aurelia, sodass sie zur Königin gewählt werden kann", sage ich.
„Sehr gute Idee!", rufen alle begeistert. Auch Kolura ist
einverstanden. Sie führt uns in ihren Keller hinunter. Dort sind
viele Gänge und Türen. Sie zeigt uns den Weg und irgendwann
kommen wir an einer kleinen Tür an. Mit einem Schlüssel öffnet
Kolura die Tür. Hinter der Tür ist ein gefesselter kleiner Troll.
„Ich habe Aurelia in einen Troll verwandelt", sagt Kolura. Sie
spricht einen Zauberspruch und schon steht – naja, eigentlich
liegt – Aurelia vor uns. Sie ist ja eine Meerjungfrau. Und
Meerjungfrauen können nicht stehen oder laufen. „Aber wie soll
Aurelia denn zur Wahl kommen, wenn sie nicht laufen kann?",
fragt Fiona. Plötzlich hören wir eine sanfte Stimme: „Schaut, ich
habe so eine ähnliche Kette wie ihr, wenn ich es mir wünsche,
kann ich auch zur Wahl." Es ist die Stimme von Aurelia.
Das macht sie dann auch und wir drücken ebenfalls auf unsere
Anhänger. Kolura fliegt auf ihrem Hexenbesen hinterher.

16. Die Wahl

Das ganze fantasische Volk hat sich um einen kleinen Teich
versammelt. Wir schleichen uns an. Niemand entdeckt uns. In
dem Teich schwimmt eine Meerjungfrau. Wie es aussieht, hält sie
gerade eine Rede: „Wie ihr wahrscheinlich schon erfahren habt,
wurde Aurelia, meine Schwester, entführt. Deshalb halte ich,
Aurora, auch die Rede. Die Wahl wird ohne Aurelia stattfinden.
Darum sind nicht, wie jedes ..." – „Aurelia ist hier!", rufe ich.
„Aber, wie geht das denn?" und „Unmöglich!", rufen alle
durcheinander. Als wieder etwas Ruhe einkehrt, erzählen Fiona
und ich die ganze Geschichte von dem ersten Traum bis jetzt
noch ein zweites Mal. Alle freuen sich und feiern. Natürlich wird
Aurelia wieder zur Königin gewählt.

17. Abschiedsgeschenke

Doch dann ist es Zeit, Abschied zu nehmen. Fiona und ich bekommen jeweils ein silbernes Amulett, das mit Kristallen besetzt ist. In der Mitte ist der größte Kristall. Er schimmert in allen Regenbogenfarben. Der große Kristall ist umgeben von sieben kleineren Kristallen. Jeder der Steine leuchtet in einer Farbe des Regenbogens. Aurelia erklärt uns: „Mit diesem Amulett könnt ihr mit ein paar Personen aus Fantasie reden. Dafür drückt ihr als erstes auf den großen Kristall. Jeder der Kristalle steht für ein Person: Der rote für die Wahrsagerin Alisa, der orangefarbene für Elfi, der gelbe steht für Sonja, die Sonnenelfe, der grüne für Kolura, der türkisfarbene für Tau, die Wasserelfe und der blaue für mich; der violette steht für Luna, die Mondelfe. Also, wenn ihr zum Beispiel mit Elfi reden wollt, drückt ihr erst auf den großen und dann auf den orangefarbenen Kristall." Fiona probiert es gleich aus. Dabei beginnen beide Kristalle zu leuchten und sie hört und sieht Elfi wirklich. „Danke!", rufen wir begeistert. Von Elfi bekommen wir jeweils ein Fläschchen mit Sternschnuppenwasser. „Falls ihr euch mal unsichtbar machen wollt!", sagt sie dazu. Auch bei ihr bedanken wir uns.
Wir befestigen das Fläschchen und das Amulett an unseren Ketten. „Übrigens, wenn die Kristalle an euren Rosenquarzanhängern leuchten, heißt das, dass wir eure Hilfe brauchen. Ihr könnt jederzeit nach Fantasia kommen." – „Okay. Bis bald!", rufen wir und drücken auf unsere Ketten.
Und seitdem sind Fiona und ich beste Freundinnen. Die besten Freundinnen auf der ganzen Welt.

Greta Brändel

Durch Sterne verbunden

„Es begab sich vor langer, langer Zeit, als die Perliktiker, die damals den ganzen Planeten beherrschten und regierten, einen schrecklichen Plan schmiedeten. Einer von ihnen hatte sich unter sie geschlichen. Ein völlig neues Reich sollte geschaffen werden, doch die Guten erhoben ihre Stimme dagegen. So kam es zu einem großen Krieg. Mehr als hundert Jahre lang rangen die zwei nun neu entstandenen Völker um Macht. Das Schicksal zwang sie eine Mauer durch den gesamten Planeten zu ziehen und diese auf ewig stehen zu lassen", erzählte Lydia ihrer Tochter die Legende des Krieges. „Gute Nacht, meine Süße", sagte sie und drückte ihr noch einen Kuss auf die Stirn.

*

Schnell zog ich mir mein weißes Kleid mit der wunderschönen Spitze an den Rändern an, nahm das Brot, das meine Mutter mir hingelegt hatte, verabschiedete mich von ihr und machte mich mit Atticus, meinem zwei Jahre älteren Bruder, auf den Weg. Er war an einer anderen Lehrhütte als ich und außerdem auch in einem höheren Lehrjahr. Er war zwar ab und zu etwas störrisch, aber einfach der beste Bruder, den man sich vorstellen konnte. Sein Spezialgebiet war das Herstellen von Waffen. In unserem ersten Lehrjahr wurden wir im sogenannten Grundlagenkurs jedes Spezialgebietes gelehrt. Ich bin mit zwei anderen aus meinem Alter einen Monat lang bei jeder Lehreinheit gewesen. Uns wurde die Kampfkunst, wozu auch Kampfstrategien gehörten, das Herstellen von Waffen, Speerwurf und Bogenschießen, Heilkunde, Umgang mit Waffen, Landwirtschaft und Viehzucht, Herstellung landwirtschaftlicher Erzeugnisse, Waffenkunde, Beherrschen und Üben von Ausdauer, Schnelligkeit, Geduld und Gleichgewicht, sowie das Regieren eines Staates gezeigt. Glücklicherweise hatten wir den Rest des Jahres dann noch Ferien. In diesem Jahr, dem zweiten Lehrjahr, mussten wir uns drei Spezialgebiete heraussuchen, wenn wir die Eingangsprüfung bestehen würden. Die Prüfung, die alles entscheiden wird. Und – glaubt mir – ich bin mehr als aufgeregt. Ich habe von grausamen Geschichten gehört, die ich hier gar nicht weiter ausführen möchte. Atticus musste einhundert Spinnen aus dem Wald sammeln – und das trotz einer Spinnenphobie, die nur äußerst wenige Leute haben. Damals hat Atticus den ganzen Wald währenddessen zusammengeschrien; es war zum Fürchten. Ich hoffe nur, dass ich in meiner Prüfung nicht auf die andere Seite unseres Planeten muss oder mich gar selbst töten, aber das käme ja letztlich auf dasselbe hinaus. Doch eines will ich auf jeden Fall: Ich will meinen Mut beweisen und zeigen, dass ich für jede Herausforderung gewappnet bin.

„Gut, Athina, wir sehen uns dann nach der Lehre. Ich wünsche dir viel Glück bei deiner Prüfung. Du schaffst das!", rief Atticus mir noch hinterher, als er schon zu seiner Lehrhütte abgebogen war.

Die Landschaft war grün, es wechselten sich Bäume und Wiesen ab und es roch herrlich nach frischem Gras und bunten Wildblumen. Dazwischen standen vereinzelt Häuser aus Holz. Neben mir war ein großer Wald mit prächtigen, wunderschönen und großen Bäumen.

Vor mir konnte ich schon die hohe Mauer sehen. Sie war bemoost und an einigen Stellen schon zerfallen. Meine Mutter hatte mir, als ich noch ein Kind war, die Legende mehrmals erzählt. Die Mauer war im Krieg entstanden, nachdem die damaligen Perliktiker alles verändern wollten. Doch dies wollten meine Vorfahren verhindern, so entstand ein Krieg. Aus zwei Meinungen entwickelten sich zwei Seiten und anschließend zwei Seiten des ganzen Planeten. Seitdem hieß unser Planet nicht mehr „Earth" sondern „Bad and good". Ein sehr einfallsloser Name, wenn ihr mich fragt. Unsere Seite war selbstverständlich „good", aber ich war mir nicht ganz sicher, ob wir bei der anderen Seite nicht die „bad side" waren oder sie sogar einen ganz anderen Namen für unseren Planeten hatten. Vielleicht war ihrer ja sogar einfallsreicher, auch wenn ich mir das bei den Sachen, die ich gehört hatte, nicht gerade vorstellen konnte. Mir schauderte, wie immer, wenn ich an die andere Seite dachte. Doch neben all der Angst verspürte ich auch Neugierde, wie die andere Seite wohl sein mochte, abgesehen davon, dass es gar nicht möglich war und außerdem verboten und außerdem …

Da war mir mein Leben doch lieber.

„He, Athina", begrüßte mich Thara, die gerade in meinen Weg einbog, und riss mich aus meinen Gedanken. Thara war meine beste Freundin. Sie hatte braune, lange Haare, die wie immer perfekt frisiert waren. Thara war mit mir und Frank im letzten Lehrjahr in der Grundkurs-Gruppe und ich kannte sie auch schon aus der Volksschule, wo wir alles über die beiden Seiten gelernt hatten. Ich habe es gehasst, dorthin zu gehen. Jetzt waren wir schon vierzehn Jahre alt und bald – in weniger als zwei Stunden – begann unsere Prüfung zum nächsten Lehrjahr. „He, Thara. Haben deine Eltern dir eigentlich von ihrer Prüfung erzählt?", wagte ich mich zu fragen. „Nun ja, also mein Vater hat erzählt, dass er einen hohen Berg hinunterspringen musste. Einige Tage danach fand er sich im Nothaus wieder. Er meinte, er konnte froh sein, dass er überhaupt noch lebte. Meine Mutter musste hingegen nur in ein kaltes Wasserbecken springen. Allerdings von zehn Meter Höhe, dabei hatte sie panische Höhenangst", erzählte Thara mir langsam und schaudererregt, als wäre sie selbst dabei gewesen. Von weitem konnten wir Leo und Vincent erkennen, die ebenfalls an unsere Lehrhütte gingen. Gemeinsam gingen wir die letzten Meter zur Lehrhütte und erzählten uns Geschichten über die Prüfungen, die wir von Verwandten oder Bekannten gehört hatten.

„Nun, ich bitte euch, eine Prüfungsaufgabe auf euren Zettel zu schreiben", sprach unsere Lehrerin Mrs. Smith langsam und leise. „Sie sollte anspruchsvoll sein und Mut erfordern." Ich schrieb vorsichtig und so, dass es niemand sehen konnte. Als Mrs. Smith sah, dass wir alle fertig waren, rief sie mit klarer Stimme: „Legt bitte eure Stifte weg und faltet eure Zettel zusammen. Anschließend komme ich mit einem Korb herum und ihr legt ihn hinein." Nacheinander legten wir unsere Zettel behutsam in den Korb. Der Korb war nun mit allen Zetteln gefüllt. „Die Aufgabe, die ihr auf euren Zettel geschrieben habt, wird nun eine oder einer eurer Mitschülerinnen oder Mitschüler ziehen und als Prüfung bewältigen müssen. Wenn er oder sie die Aufgabe besteht, darf er oder sie in das zweite Lehrjahr." Mrs. Smith sprach eindringlich, deutlich und langsam. Es war totenstill. Plötzlich schlug sich Frank die Hand vor den Mund. Offensichtlich war ihm nicht bewusst, dass es hier um die Prüfung eines seiner Kameraden ging. Mrs. Smith ignorierte ihn und rief schon Ruscha Abelin zu sich nach vorne. Sie zog einen Zettel aus dem Korb und las ihn vor. Anschließend ging sie mit Mrs. Smith hinaus.

Mir stand Schweiß auf der Stirn, als Mrs. Smith nun nach fast allen anderen meinen Namen aufrief und ich beängstigt nach vorne ging. Mir lief ein Schauer über den Rücken und ich zog einen Zettel aus dem Korb, den Mrs. Smith mir hinhielt als wäre er eine Bombe, die jederzeit explodieren könnte. Langsam und behutsam entfaltete ich den Zettel und als ich ihn las, stockte mir der Atem. Ein großer Kloß breitete sich in meinem Hals aus. Mit letzter Kraft las ich vor: „Gehe für einen Tag auf die andere Seite der Erde." Ich hörte Raunen in der Klasse. Ich konnte Frank sehen, der mich schuldbewusst ansah und ich sah todesgewiss zurück. Ich atmete schwer; so, als wäre es mein letzter Atemzug. Mrs. Smith liefen einige Tränen über die Wangen. Sie nuschelte irgendetwas von: „Nicht. Es muss. Es darf nicht", und plötzlich stand Thara auf und rief mit besorgter und ängstlicher Stimme zu Mrs. Smith: „Das können Sie nicht machen. Wenn Sie wollen, dass Athina morgen noch lebt, dürfen Sie das nicht zulassen!" Auch ihr liefen Tränen über die Wangen. Nach einigen Minuten sprach Mrs. Smith zuversichtlicher: „Sie muss es machen. So verlangen es die Regeln." Und auf einmal war sie sehr entschlossen. Mein Hals brannte, mein Kopf hämmerte und meine Füße schienen sich plötzlich in Blei zu verwandeln. Ich verlor mein Gleichgewicht, doch da kam schon Thara angerannt und stützte mich. Ihre Anwesenheit stärkte mich ein wenig und nach einiger Zeit fand ich wieder Halt. In der Gruppe tuschelten einige. Ich sah Ariana mit einem herablassenden Blick und Sarina mit einem sehr besorgten. Doch wichtig war jetzt, dass ich es tat und meine Prüfung bestand. Nach einiger Zeit stand ich mit der ganzen Klasse, die beschlossen hatte mitzukommen, ein paar Meter vor der Mauer. Mir liefen noch ein paar Tränen herunter und mein Kopf brannte, doch ich versuchte, Mut zu fassen. Alle sahen mich nun erstaunt, ängstlich und besorgt zugleich an, als würden sie gleich mit mir sterben. Doch die einzige, die sterben würde, war ich. Ich wäre am liebsten nochmal nach Hause gerannt, hätte mein Testament geschrieben und mich von vielen lieben Menschen verabschiedet. Ich sah Thara, wie sie auf mich zukam und plötzlich so fest und verzweifelt in die Arme schloss, dass es mir noch schwerer fiel zu atmen. Doch ich genoss die vermutlich letzte Umarmung meines Lebens.

Nach einer gefühlten Ewigkeit löste ich mich aus der Umarmung und machte ein paar Schritte in Richtung Mauer. Als ich fast davorstand, wurde es mir plötzlich ganz kalt. Meine Glieder und Adern gefroren. Ich konnte meinen Atem sehen. Ich legte eine Hand an die Mauer, die andere folgte. Mit ihnen und meinen Beinen versuchte ich, über die Mauer zu klettern. Nach gefühlten eintausend Versuchen, hatte ich es geschafft, doch was ich dann sah, war eine weiße Wand. Sie war glatt, hoch und mit dem hellsten Weiß bestrichen, das ich je in meinem Leben gesehen hatte.

Während ich meinen Kopf darüber zerbrach, wie ich hinüber kommen könnte, sah ich einen schwarzen Strich. Irgendwie verspürte ich den Antrieb, jetzt ganz dringend neben diesen Strich zu treten. Das, was passierte, überraschte mich ungemein. Ein Teil der Wand hatte sich gelöst und funktionierte nun wie eine Tür.

* *

Als ich durch die Tür hinaussah, sah ich nur noch mehr von diesem grässlichen Weiß und eine Menge an Glas. Alles schien entweder weiß oder aus Glas zu sein. Ich musste mir schnell die Ohren zuhalten, da es hier so laut war. Fast jede Ecke auf dieser Seite war bebaut und ich konnte keine freie Stelle sehen; nicht mal ein Funke grün war zu erkennen. Keine Pflanzen! Ich war entsetzt! Alle Menschen schauten in ihre eigenen Hände, wo sich ein flaches, kleines, viereckiges Ding befand, auf dem sie manchmal auch wie wild herumtippten. Wenn die nicht geisteskrank sind …

Ich schaute mir die Personen etwas näher an und erkannte, dass erstaunlicherweise ein paar Leute ähnliche Kleidung trugen wie ich, sodass ich gar nicht weiter auffallen würde, wenn ich mich einfach so in der riesigen Menge von Leuten bewegen würde. Dachte ich zumindest.

Über diesen Ort wollte ich mehr erfahren und sah mich weiter um. Auf einmal merkte ich, dass ich noch eine Münze in meiner Hosentasche hatte. Ob ich mit dem Geld hier wohl etwas kaufen könnte? Ich probierte es aber lieber erst gar nicht. Wer weiß, was die Menschen hier mit mir anstellen würden, wenn sie herausfänden, dass ich von der anderen Seite komme und hier ein bisschen herumspionierte.

Unsicher ging ich weiter und auf einmal tippte mir jemand auf die Schulter. Mir lief ein Schauder durch Mark und Bein. Ich wollte mich gar nicht umdrehen. Ich hatte schon einige muskelbepackte Männer hier gesehen und hatte panische Angst, dass es sich nun um einen dieser handelte. Und doch drehte ich mich vorsichtig um. „Hier, dir ist eine Münze aus deiner Hose gefallen." Vor mir stand ein ziemlich hübsches Mädchen. Sie hatte weißblonde, glatte Haare, die sie zu einem perfekten hohen Zopf gebunden hatte. Ihre Augen waren in der Farbe eines hellen und klaren Meerblaus. Sie trug eine hellblaue Hose aus Serge, die sehr gut zu ihrer hellen Haut passte, ein schwarz-weiß gestreiftes Hemd und weiße Schuhe. „Oh, äh, danke", antwortete ich schnell und etwas zögerlich. „Ähm, bist du von hier?", fragte sie mich direkt mit ihrer ruhigen und zugleich witzigen Stimme. „Nein, äh ja ... äh ... also ich bin für kurze Zeit von der Lehre befreit und habe mir gedacht, ich gehe mal hierher. Ich wohne ein paar hundert Meter von hier entfernt und bin das erste Mal hier." Letzteres war ja nicht mal gelogen, auch wenn mich die „Entscheidung" hierher zu gehen nicht sonderlich begeistert hatte und ich es definitiv nicht freiwillig gemacht hatte. „Könntest du mir sagen, wo ich ein Buch zum Lesen finde?" Irgendwie hatte ich gerade das Bedürfnis ein Buch zu lesen und vielleicht ja auch eines, wo ich mehr zu dieser Planetenseite herausfinden könnte. Ich vertraute dem Mädchen und hoffte, dass sie nicht nur so nett schien. Sie nickte und führte mich einen Weg entlang, wo es nicht ganz so voll war. Wir bogen in den nächsten Weg ein.

„Hier findest du jedes Buch, das du dir auch nur erträumst", teilte sie mir begeistert mit, nachdem sie die Tür zu einem riesigen Gebäude geöffnet hatte. Doch was ich sah, waren keine Bücher. Es waren flache Scheiben, die aussahen, wie diese Dinger, welche die Leute in der Stadt andauernd in ihren Händen hielten. Diese waren nur etwas größer. „In welche Richtung soll dein Buch denn gehen?", fragte das Mädchen mich auf einmal. „Naja, wenn ich ehrlich bin, weiß ich ja nicht, was ihr unter einem Buch versteht, aber dort, wo ich herkomme, gibt es richtige Bücher", rutschte es mir so heraus. Sie war sichtlich verwirrt. „Nun ja, ich kenne nur

diese Art von Buch." Ich wartete einen Moment. Doch als ich merkte, dass sie etwas traurig schien (vielleicht weil sie es mir nicht recht machen konnte – ich war wirklich etwas unhöflich gewesen), sagte ich vorsichtig: „Ich heiße übrigens Athina." Sie wirkte etwas verwirrt, aber fragte nicht nach. „Du hast einen schönen, aber ungewöhnlichen Namen. Ich heiße Olivia, aber du kannst mich gerne auch Liv nennen. Außerdem mag ich meinen Namen nicht so." – „Danke. Kannst du mir etwas über die Gegend hier erzählen? Ich bin zum Urlaub hier und würde gerne mehr erfahren." (Naja, also Urlaub kann man es echt nicht nennen, aber ich hatte das Gefühl, dass ich hier nur mit Lügen durchkommen würde.) „Nun ja, also eigentlich ist es nicht so viel anders, als bei euch wahrscheinlich. Meine Mutter ist Nachrichtenmoderatorin, daher weiß ich, wie es sonst auf dem Planeten ist", erzählte sie mir. Dabei vergaß sie wohl, dass es auch noch unsere Seite gibt. „Außer, dass hier bei uns die Technik immer erst etwas später kommt und es die neusten Sachen immer zuerst in New Yin oder dort in der Gegend gibt. Das könnte auch der Grund sein, warum du diese Art von Büchern nicht kennst. Wahrscheinlich sind sie bei euch mehr Hightech." – „Ah, ach so. Ja. Ja, da könntest du recht haben", sagte ich, und hier war meine dritte (oder war es schon die vierte?) Lüge. „Soll ich dir ein bisschen die Gegend zeigen?", fragte sie mich. Ich zögerte etwas. Führte sie vielleicht doch etwas im Schilde? Und doch wollte ich etwas über diese Seite erfahren.
„Okay, ich komme mit." Sie lächelte und wir gingen wieder aus dem Gebäude hinaus. Wir hörten ein paar Straßenmusikern zu. Liv zeigte mir verschiedene Gebäude, wir aßen eine süße kalte Speise, die sie, glaube ich, Eis genannt hatte und sie zeigte mir einige andere „Sehenswürdigkeiten". Schließlich wollte sie mir noch ihr Zuhause zeigen. Wir gingen die Gassen entlang, erzählten uns Witze, lachten und fast hätte ich vergessen, dass ich hier auf der anderen Planetenseite wegen meiner Prüfung war. Ihr Zuhause war riesig. Es war ein bestimmt hundertstöckiges Gebäude. Ein Teil davon gehörte ihnen. Sie fragte mich, ob ich lieber den Fahrstuhl oder die Treppen nehmen wollte. Ich hatte gar keine Ahnung, was das sein sollte, aber Treppen kannte ich ja. Was wären hohe Häuser eigentlich ohne diese Erfindung?
Als wir oben ankamen, stand im Eingang ein breitschultriger

Mann mit langen weißblonden Haaren, der mich grimmig ansah. Sein Blick war eindringlich und finster. „Liv, wer ist das?", fragte er mit tiefer Stimme. „Äh, Vater. Schön, dass du hier bist. Das ist Athina. Ich habe sie in der Stadt getroffen." Der Blick des Mannes verdunkelte sich weiter und auf einmal schrie er: „Verschwinde! Verschwinde aus meinem Haus! Du und Deinesgleichen sollten weggesperrt werden! Verschwinde und tauch nie wieder auf!" Ich erschrak und einen Augenblick später war ich auch schon verschwunden. Ich hörte noch wie Liv etwas wie „morgen Mauer" oder so rief. Vermutlich wollte sie sich morgen mit mir an der Mauer wieder treffen, aber ich war mir nicht sicher, ob ich das wollte.

* * *

Ich hatte Angst. Es war kalt. Es war dunkel. Kaum ein Mensch war da. Ich hörte einen Schrei in weiter Ferne. Es wurden mehrere Rufe und Schreie und ich konnte eine Menschenmenge erkennen. Sie kam näher. Sie lief auf mich zu. Mit Fackeln und Messern. An der Spitze der Menge war der Mann, Livs Vater. „Verflucht seist du!", rief er und giftete mich mit seinen eisblauen Augen an. Er zückte sein Messer und ging mir damit langsam an die Gurgel. Mein Puls schlug. Mein Atem überschlug sich. Ich spürte schon das Messer in meiner Kehle …

„Was? Dieses Handy ist von bester Qualität! Wir verkaufen nur Qualitätsprodukte. Was fällt Ihnen nur ein, so über unsere Produkte zu urteilen?" – „Ihre Produkte und Qualität! Dass ich nicht lache! Haha!" Zwei Männer vor mir stritten sich lautstark über die Qualität – habe ich das richtig verstanden – Handys? Ich rieb mir die Augen und konnte jetzt wieder alles gut erkennen. Ich hatte wohl geschlafen.
Vermutlich war es schon Mittag und ich konnte wieder zurück nach Hause. „Hi, Athina", rief eine mir bekannte Stimme zu. Ich drehte mich um. Auf der einen Seite freute ich mich, sie wiederzusehen, aber ich hatte panische Angst vor ihrem Vater. Hatte er mich gestern nicht auch umbringen wollen oder war das nur ein Traum? „He, Liv!" – „Ich habe mir solche Sorgen um dich gemacht. Mein Vater ist sonst eigentlich total nett." Als ob

ich ihr das glauben würde. „Und ich würde mich freuen, wenn wir weiter in Kontakt bleiben würden. Bitte!", beendete sie schließlich. Aber ich war mir nicht sicher, ob ihr Vater mich nicht doch umbringen wollte. „Was hat dein Vater zu dir gesagt?", fragte ich vorsichtig. „Äh … Du musst ihm verzeihen. Er … dachte, dass du von der anderen Seite kommen würdest. Er wurde dort geboren. Seine Eltern behandelten ihn wie Dreck und auch sonst waren alle Leute unfreundlich zu ihm. Er hat mir viel über die Zeit erzählt und als er dich sah … dachte er, du wärst eine von ihnen. Er vertraut nur noch sehr wenigen Leuten." Ich erschrak wieder. Er hatte es gewusst. Mir lief ein Schauder über den Rücken und Livs Blick verfinsterte sich plötzlich. „Du bist von der anderen Seite. Nicht wahr?", sagte sie ein wenig finster. „Liv, ich …", fing ich an und überwand mich. „Es stimmt … ich komme von der anderen Seite." Ich fühlte mich schlecht und schuldbewusst. Ich merkte schon, wie Liv mich weiterhin finster und verblüfft ansah und gleich gehen wollte, doch was sie tat, hätte ich nie erwartet. Sie schlang ihre Arme um mich und umarmte mich. Langsam lief eine Träne meine Wange hinunter, während ich sie auch in meine Arme nahm. „Ich will dich nicht verlieren. Bleib hier!", bat sie, als wären wir schon die besten Freundinnen – und das hoffte ich auch. Ich antwortete ihr nicht, aber sie wusste, dass ich wieder zurückgehen würde.
Wir saßen noch eine Weile so da, bis ich plötzlich nach Hause wollte. Ich vermisste meine Familie und jetzt war meine Prüfung auf jeden Fall bestanden.

„Bleiben wir in Kontakt? Morgen wieder hier?", fragte Liv mich aufgeregt. „Ich kann es dir nicht versprechen, aber ich versuche es. Bis dann."
Als ich wieder über die Mauer geklettert war, sah ich schon Thara traurig mit ihrem Hund Zorro auf einer Wiese liegen. Ich rannte zu ihr und drückte sie mit all meiner Kraft, als hätte ich sie Jahre lang nicht mehr gesehen. „Du lebst!", schrie sie und Zorro bellte wie verrückt. Wir lachten und freuten uns, uns wiederzuhaben. Aber irgendwie vermisste ich trotz allem Liv.

Ich überlegte mir schon Horrorgeschichten, die ich erzählen könnte. Wie ich fast umgebracht wurde, ich es aber geschafft hatte, alle bewusstlos zu schlagen oder … Aber ich wollte nicht so tun, als wäre die andere Seite nur schlecht und nur voller schlechter Menschen. Ich wollte, dass wir uns irgendwann wieder verbünden würden, auch wenn dies nur in meinen tiefsten Träumen passierte.

* * * *

„Athina, du errätst nie, was mein Vater heute mit seinen Kollegen herausgefunden hat!", rief Liv außer Atem, nachdem sie durch diese Art Tür in der Mauer gekommen war und ich über die Mauer geklettert war. Jetzt waren wir allein in dem Korridor zwischen den zwei Mauern. „Sie haben herausgefunden, dass wir Kakerlaken zum Frühstück essen?", fragte ich scherzhaft. „Nein! Der gesamte Planet ist in Gefahr!" Sie schien sichtlich besorgt, aber es gab doch keinen Grund dazu. „Bald wird eine Supernova stattfinden. Schon in ungefähr zwei Wochen. Dieser sterbende Stern wird auf unseren Planeten stoßen und dabei so hell scheinen, dass wir alle erblinden werden. Der Aufprall würde dazu den ganzen Planeten in Millionen Einzelteile zersprengen." Sie sprach so schnell, dass ich nur die Hälfte verstand. „Eine Super-was?" – „Eine Supernova, Athina. Wir müssen uns schützen. Wir alle. Meine Eltern und die Politiker überlegen schon, wie wir uns schützen können und sogar mein Vater hat zugegeben, dass wir dazu eure Hilfe brauchen werden. Und ihr braucht unsere." – „Du hast deinem Vater erzählt, dass …" – „Nein, habe ich nicht. Mein Vater weiß nicht, dass du von der anderen Seite bist. Er denkt es nur", sagte sie schnell und ich beruhigte mich wieder. „Meinst du, unsere Völker könnten sich wieder verbünden?", fragte ich nachdenklich. „Ich weiß nicht, ob wir es schaffen. Ich weiß nur, dass wir es probieren müssen!" Natürlich, es ist ja so einfach zwei bis zum Tode verfeindete Völker wieder zusammen zu führen. Glaubte sie wirklich, dass es so einfach war? „Ich weiß selbst, dass es nicht leicht ist. Es hilft nur nichts, alles gleich aufzugeben. Ich habe schon einen kleinen Plan …"
Liv erzählte mir, wie wir unsere Eltern davon überzeugen könnten, dass wir einander brauchten.

„Ich fasse es nicht! Du freundest dich mit einer von der anderen Seite an und glaubst auch noch den Unfug, den die dir erzählt!" – „Aber Mama! Bitte glaub mir! Ich habe doch gesehen, was sie können!" Sie verstand es einfach nicht. „Ich weiß auch, wozu sie im Stande sind. Als sie damals einfach Julius umgebracht haben! Du bist genau wie er! Leichtsinnig!" Julius war Mamas jüngerer Bruder. Er starb kurze Zeit nachdem er durch einen „Unfall" auf die andere Seite gelangte und Mama sagt, dass er auf der anderen Seite vergiftet wurde oder sie ihm sonst was zugefügt haben, obwohl der Medicus einen Herzstillstand aufgrund von Wassermangel festgestellt hatte. Zugegebenermaßen hatte ich dem Medicus damals auch nicht geglaubt, aber Liv hatte mir auch etwas über die Wissenschaft und Forschung bei ihr erzählt, kurz bevor ich gegangen war. „Ich bin kurz weg. Ich gehe zu Franziska", sagte Mama noch, bevor sie die Tür hinter sich zuzog. „Und jetzt geht sie auch noch zu Franziska!", sagte ich wütend vor mich hin. Franziska war ihre beste Freundin. Sie war Nervenärztin für Jugendliche wie mich. Meine Mama geht häufig zu ihr und vor allem in Situationen wie dieser, wenn wir uns streiten und sie denkt, ich wäre verrückt.

„Athina, Schatz! Bist du schon zu Hause?" Das war mein Papa. Wie immer kam er erst später am Abend, aber brachte interessante Neuigkeiten mit. „Du glaubst nicht, was wir heute herausgefunden haben! Meine Leute und ich beobachten schon seit langem einen rötlichen Stern am Himmel." – „Was ist mit ihm?" – „Ich will dir nicht zu viel Angst machen und dir sagen, was passieren wird. Ich hätte es dir sowieso nicht sagen dürfen." So war es dann meistens. Er erzählte immer drauflos und hinterher merkte er, dass er es mir gar nicht hätte sagen dürfen. Er ist Astronom und erkundete die Sterne, was mich auch immer interessierte. Allerdings werde ich nie Astronomin werden können, da seit einiger Zeit das Fachgebiet Astronomie leider in der Lehre abgeschafft wurde. „Gut, ich erzähle es dir trotzdem. Es ist ein sogenannter Moribundus – übersetzt: Sterbender. Dieser Stern wird sterben und dabei vermutlich ziemlich viel Schaden anrichten. Er könnte unseren ganzen Planeten zerstören – oder wir werden alle blind aufgrund seines hellen Lichtes. Die einzige Möglichkeit, diesem Unglück zu entfliehen, ist es, sich tatsächlich mit der anderen Seite zu besprechen."

Einige Tage später, nachdem Liv und ich oft miteinander und auch mit unseren Eltern geredet hatten, trafen sich die Oberhäupter unserer zwei Seiten und erstaunlicherweise verstanden sie sich recht gut. Leider durfte ich nicht dabei sein, aber hinterher wurde alles auf dem Marktplatz berichtet:

„Die andere Seite hatte schon den Plan, einen Schutzschild an die Stelle zu bauen, wo der Stern den Berechnungen zufolge Schaden anrichten würde. Bei uns wächst die *Tigris-dens*-Pflanze, aus deren Saft gewöhnlich eine Flüssigkeit gemacht wird, die bei Knochenbrüchen hilft. Wenn man diese eher zähfließende Flüssigkeit auf einen gebrochenen Knochen schmiert, härtet sie schnell und schützt dadurch den Knochenbruch. Man spürt praktisch nichts und der Knochen kann in Ruhe und geschützt verheilen.

Die andere Seite hat nach langer Suche dann herausgefunden, dass der Saft noch stärker und schützender wirkt, wenn man ihn mit Efeu-Saft mischt. Jetzt ist der Plan, sehr viel von dem Gemisch herzustellen und dann wie Kautschuk als Schutzschild über mindestens ein Drittel des Planeten zu spannen. Die Hoffnung ist, dass so der Planet und wir Menschen geschützt werden."

Ich bin so froh, dass so schnell eine gute Lösung gefunden wurde. Schon seit gestern beginnen auch die Mischarbeiten, bei denen Liv und ich manchmal mithelfen dürfen. Liv und ich dürfen uns vorerst auch die ganze Zeit sehen. Nur während der Lehre sehen wir uns nicht, aber wenn wir uns treffen, helfen wir bei den Vorbereitungen, reden oder ich zeige ihr ein bisschen von meinem Zuhause. Aber gerade liege ich nur auf der Wiese und ruhe mich aus. Früher habe ich das häufiger gemacht und es hat mir geholfen, alles zu verarbeiten. Ich spürte den Wind leicht auf meiner Haut und hörte die Blätter, wie sie durch den Wind leise rauschten. Die Sonnenstrahlen wärmten mein Gesicht. Heute konnte ich auch von weiter weg hören, wie einige jüngere Kinder Fangen spielten. Das waren immer die Momente, in denen ich alles vergaß. Ich dachte nicht daran, wie verfeindet die zwei Seiten doch noch waren und auch nicht daran, ob wir nach der Supernova noch leben würden.

* * * * *

Eine Woche danach ist das riesige Gemisch fertig und über die jeweils höchsten Gebäude auf beiden Seiten gespannt. Ich glaube, es war am Ende eine Unmenge des Gemischs. Morgen wird die Supernova kommen und ich wollte den vielleicht letzten Tag mit meiner Familie verbringen. In letzter Zeit haben wir uns selten gesehen. Ich war die meiste Zeit bei Liv, während Atticus, Mama und Papa hauptsächlich gearbeitet hatten. Aber heute aßen wir gemeinsam Frühstück und machten einen langen Spaziergang. Danach kochten wir alle gemeinsam, was in meiner Familie selten passierte, und spielten ein paar Spiele. Es tat gut, mal wieder so viel Zeit mit der Familie zu verbringen. Ich wusste, egal was passieren würde: Meine Familie wird immer für mich da sein.

„Athina, das musst du unbedingt sehen! Komm rüber zu mir!"
Livs Vater hatte mir gestern tatsächlich eines seiner Handys ausgeliehen, da er gemerkt hatte, dass ich doch ganz nett bin und Liv mich mochte. So konnten wir immer schreiben oder anrufen. So wie auch jetzt. Die Supernova würde bald beginnen und bei Liv zuhause würde man sie am besten beobachten können. Meine Eltern und Atticus waren auch bei Liv eingeladen, aber sie würden erst später kommen. Schnell packte ich noch die Bonbons, die Liv am liebsten aß, als Geschenk für sie ein und machte mich auf den Weg zur Mauer. Der Großteil der Mauer wurde während der Bau- und Mischarbeiten zerstört. Jetzt musste ich einfach noch zu Liv weiterlaufen.
„Und, hast du's ihr gezeigt?", waren Livs erste Worte, nachdem ich ihre Haustür betrat. Gestern hatte Frank mir erzählt, was Thara alles Schlechtes über mich erzählte und dass sie es gestern wirklich übertrieben hatte. Er wollte fragen, ob das stimmte, was sie erzählt hatte, und ich war tatsächlich entsetzt, da ich immer geglaubt hatte, sie wäre meine beste Freundin. Eigentlich wollte ich es ignorieren, aber Liv hatte darauf bestanden, ihr mal ordentlich eine drüberzuwischen. Natürlich nur mit Worten.
„Klar doch. Ich hoffe sie hat verstanden, dass sie das lieber nicht nochmal machen sollte", antwortete ich nur und setzte mich in ihren bequemen Sessel.

Auf einmal kam Livs Vater dazu und sagte uns, dass er noch kurz weg müsste und wir schon mal Mittagessen für uns alle kochen sollten. Liv und ihre Eltern haben es in ihrem Luxusleben irgendwie verlernt zu kochen, da sie sich jeden Tag immer Essen bestellten oder kauften. Deshalb brachte ich Liv Tag für Tag immer neue Rezepte bei. Heute wollten wir erneut Nudeln kochen, das war bisher unser gemeinsames Lieblingsessen. Außer dass Liv sich wieder einmal am Nudeltopf verbrannt hatte, lief auch alles gut. Kurze Zeit später kamen auch meine Eltern, Atticus und Livs Eltern. Es war das erste Mal, dass unsere Eltern sich trafen, aber zum Glück verstanden sie sich gut. Schnell erreichte uns die Nachricht, dass die Supernova bald zu sehen sein würde und wer sie sehen möchte, schnell rauskommen sollte. Liv gab uns allen so eine Art Sonnenbrille – oder wie auch immer sie diese Dinger genannt hatte – und wir stürmten hinaus auf ihren Balkon.

Hoch am Himmel schwebte ein leuchtend-greller gelber Punkt, der der Sonne sehr ähnelte. Nur dass er viel heller war. Mein Papa hatte sein Teleskop mitgenommen, um die Supernova besser betrachten zu können. Er schaute durch das Teleskop und sagte ab und zu „Ah!", „Oha!" oder „Unglaublich". Was war daran denn so erstaunlich? „Hier, sieh mal", mein Papa reichte mir das Teleskop, sodass ich es auch sehen konnte. Oha! Man konnte die Supernova fast ganz von der Nähe sehen. Es war wie ein Farbspiel: Blau, lila, grün, rot und viele weitere Farben ließen sich erkennen. Es war wie ein Tanz der Regenbogenfarben. „Was passiert da, Papa?", fragte ich ihn interessiert. Mein Papa war einer der besten Astronomen unseres Ortes und natürlich wusste er eine Antwort. „Der Stern bläht sich über Jahrzehnte auf. Daran und an seiner rötlichen Färbung sieht man, dass er bald stirbt. Dann explodiert der Stern und Gas entzündet sich. Dadurch entsteht eine enorme Druckwelle, die andere Planeten in der Nähe zerstören kann. Kannst du den Planeten neben der Supernova sehen? Er wird bald durch diese Druckwelle zerstört werden. Achte mal drauf."

Nach einiger Zeit reichte ich das Teleskop weiter an Liv und auch sie staunte nicht schlecht. Schade nur, dass nicht alle dieses Schauspiel so sehen konnten. Unter uns auf der Straße waren viele Leute mit gezückten Handys und filmten alles mit. Ich sah

Livs Mutter vor einer Kamera, wie sie von der Lage hier berichtete. Es war bestimmt anstrengend als Fernsehreporterin immer zu berichten und es nicht selbst richtig zu sehen. Plötzlich donnerte es und viele Menschen schrien auf, ein paar ließen sogar ihre Handys fallen und ich erinnerte mich zurück, wie gefährlich die Situation hier eigentlich war. Ich bekam Panik und flüchtete mit Liv und Atticus in die Wohnung zurück. Dort war es warm und kuschelig. Wir aßen das restliche Essen und schauten aus dem Fenster weiter der Supernova zu. Ich war so überrascht, wie schön und zugleich zerstörerisch manches doch sein konnte.

Gegen Nachmittag verdeckten die Wolken die Supernova leider, aber sie wird noch einige Tage zu sehen sein. Die Astronomen haben jetzt auch bekannt gegeben, dass es extrem unwahrscheinlich ist, dass die Supernova uns noch viel antun würde – der weiten Entfernung wegen – außer dass wir immer Sonnenbrillen aufgrund des hellen Lichts tragen sollten und wir es geschafft hätten. Aufgrund dessen gab es am Abend auf dem ganzen Planeten ein riesiges Fest und ich hatte auch ein bisschen das Gefühl, dass es eine Feier der Wiedervereinigung war.

Das Fest ging ungefähr drei Tage lang und auch danach wurde noch gefeiert. Mittlerweile akzeptieren wir uns gegenseitig mit all unseren Unterschieden. Wir haben unsere Ängste und Vorurteile aufgegeben. Und wir haben noch etwas dazugewonnen: Wir können uns komplett frei auf unserem Planeten bewegen und es steht nicht überall eine Mauer, die uns voneinander trennt. An manchen Mauerresten haben die Leute angefangen Blumen aufzuhängen, Sprüche dranzuschreiben oder sie anzumalen. Ich hätte nie gedacht, dass es jemals zu einer Wiedervereinigung kommen würde – früher wollte ich das ja auch gar nicht. Aber es ist besonders, dass wir nun durch die Sterne wieder verbunden sind.

Lena Rabens

Die Türme der Stadt Kitesch

Der Zug von Glauchau nach Göttingen hielt um 08:58 Uhr in Gera und zwei Minuten später war der Doktor zugestiegen. Da derzeit ein Waggon weniger eingesetzt wurde, drängten sich viele Fahrgäste hinein, die keinen Sitzplatz mehr bekamen. Der Doktor hätte sich am liebsten über seine Mitfahrer, die Bahn oder beide beschwert, sah aber ein, dass es sinnlos wäre und blieb auf dem Gang stehen.

Inzwischen setzte sich der Strom der Zusteigenden fort, hier und da musste er Gepäckstücken ausweichen, bis er schließlich zwischen zwei Studenten mit Rucksäcken zu stehen kam. Er kannte sie nicht. In der Nähe hatte sich noch ein graubärtiger Handwerker auf einem der Klappsitze im Gang niedergelassen und sah aus dem Fenster auf den leer gewordenen Bahnsteig, bis die Tür abschloss.

Bald war dem Doktor so warm, dass er die Winterjacke auszog und über den Schultern trug. Einmal rutschte sie nach rechts, einmal nach links, als der Zug anfuhr. Dass in der Nähe jemand die Nase putzte, machte ihn ganz nervös.

Inzwischen hatten sich die Fahrgäste, die einen Sitzplatz bekommen hatten, eingerichtet; eine Studentin mit einem Sortiment Haarbürsten in der Tasche tippte rasant auf ihrem Telefon, ihre Strumpfhosen waren schwarz, das Oberteil schwarzgrau gepunktet, die Jacke grün. Eine ältliche Frau trug Lippenbalsam auf. Mehr vom Innenraum des Waggons konnte der Doktor durch die schmale Glastür nicht erkennen.

Langsam ließ der Zug eine vom Herbstwald durchsetzte Industrielandschaft hinter sich und hatte bald auch den glänzenden Fluss überquert, da sich die Gegend nach der rechten Seite hin weitete, und verteilte Häuser und Kleingärten erkennen ließ. Dann wurde sie offener; und unbewohnter.

Inzwischen hatte sich der Doktor an den Faltbalg gelehnt, der die Waggons miteinander verband, und konnte nun auch die Sitzplätze im Gang unmittelbar gegenüber der Toilette erkennen. Keine vierzig Zentimeter waren da Platz für jeden. Ein junger Mann redete dort mit einem älteren, der die Fahrgastbefragung der Deutschen Bahn durchführte, wie aus dem Ausweis, den er um den Hals trug, erkenntlich war. Durch die Bewegungen und

Geräusche des fahrenden Zuges war nicht jedes Wort für den Doktor vernehmbar, sondern nur die Fragen, hatte der Mann doch ein recht lautes Organ: „Wo kommen Sie her?" – „Wo gehen Sie hin? Wie sind Sie dorthin gekommen? Wie setzen Sie Ihre Reise weiter fort?" Die Antworten aber verstand er nicht und hoffte, auch nicht danach gefragt zu werden.

Erstmals hatte der Zug auf seiner Strecke ein Waldstück passiert, als der Schaffner, ein vierschrötiger Kerl, durch die Waggons ging und nach den Fahrkarten fragte, die der Doktor erst nach längerem Hantieren in seiner Tasche vorweisen konnte. Er gebrauchte noch immer die Semesterkarte eines Studenten, der für die geringe Pauschale sechs Monate lang alle regionalen Züge des Freistaates nutzen durfte, obwohl er schon lange kein Student mehr war und die Karte eigentlich auch gar nicht ihm gehörte, aber solange das keinem auffiel, war es ihm egal.

Inzwischen wurde Hermsdorf-Klosterlausnitz als nächster Halt angesagt; wieder ging es in den Wald und wieder ließ ihn der Zug hinter sich, bis darauf aufmerksam gemacht wurde, dass in Fahrtrichtung links auszusteigen sei. Das nutzte aber kaum einer, als die Räder im Bahnhof zum Stehen gekommen waren.

Abgerissen sah es da aus. Sumpfig standen Pfützen auf dem Gelände der Bahnsteige und von der Stadt selbst konnte man nicht viel erkennen. Erst als sich die Türen schon wieder zu schließen drohten, waren noch drei Fahrgäste zugestiegen, zwei Studentinnen und ein dunkler und dicklicher fremder Mann in abgewetzten Kleidern mit einem Schuhkarton oder dergleichen unter dem Arm und einem markanten Kreuz um den Hals. Der lief im Zug hin und her, obwohl doch offensichtlich sein musste, dass es keine Sitzplätze mehr gab. Warum würde man sonst im Gang stehen? Vielleicht war er auch nicht ganz richtig im Kopf, so dass der Doktor froh war, als er später in Stadtroda ausstieg. Allein ob dieses Kreuz an seinem Hals ein koptisches Kreuz war, hätte ihn aus beruflichen Gründen interessiert.

Dieser Tage hatte er in der Zeitung von einem jungen Mann gelesen, drei Jahre jünger noch als er, der sich im Norden Syriens kurdischen Partisanen angeschlossen hatte, um gegen den Islamischen Staat zu kämpfen und vor kurzem gefallen war. Ein kräftiger Mann war das, mit einem roten Bart und lustigen Augen. Das hatte ihm schon imponiert, aber wenn er länger darüber nachdachte, fragte er sich auch, warum die vielen Syrer, die vor diesem Krieg nach Deutschland geflohen waren, es ihm nicht gleichtaten. Liebten diese ihre Heimat etwa nicht? Sollte ihnen ihre Erde nichts bedeuten?

Er hatte auch einmal Simonow gelesen. Da musste wohl etwas hängengeblieben sein.

Meistens hatte er aber zu viele eigene Probleme, um über jene der Welt nachzudenken. Erst gestern erschien es ihm wieder töricht, dass er ein Jackett mit einem rot-lachsfarbenen Überkaro in Auftrag gegeben hatte. Er hätte doch besser einen Stoff mit rot-orangefarbenen Karos nehmen sollen. Wer weiß, was ihn beim Schneider geritten hatte.

Auf der rechten Seite wurden Kleingärten sichtbar, Parzelle an Parzelle. Das wäre ihm ja nichts gewesen, wo man so zusammensteckt. Bald aber kam der Wald. Dieser Teil der Strecke hatte ihm schon immer am meisten gesagt. Da war es ganz anders als anderswo. Kleine Täler und Haine, Waldwege und vereinzelte Weiler wechselten sich ab mit hochgereckten, steilen Hängen; so hoch, dass er kaum den Himmel sehen konnte, selbst wenn er nah ans Fenster ging und sein Kinn beinah die Scheiben berührte. Wie ein Tunnel umschlossen die Gipfel den Zug. Ja, im Wald war es doch etwas anderes. Aber was genau anders war – wer vermochte das schon zu sagen?

Nebenan hatten die beiden Studentinnen nach einem Blick in den Handspiegel die Ärmel über die Hände gezogen und sich zu unterhalten begonnen. „Gestern war ich also wegen der Anmeldung beim Prüfungsamt. Am Tresen saß natürlich die Alte." – „Kenne ich die?", fragte die andere mit kürzeren Haaren und einer schwarzen Brille, die schon nicht mehr beschlagen war. – „Ja du kennst die auch. Es gibt nur die Alte. Jedenfalls fragt die mich zuerst, was ich studiere. Und ich sage: Germanistik. Dann sieht sie auf den Monitor und blättert in ihren Heften und sagt am Ende: Sie studieren Deutsch. Und ich sage: Nein, ich studiere Germanistik." Die andere kicherte. „Und die sagt: Sie studieren Lehramt, also Deutsch." – „Krass!", meinte die andere. „Ich also schon angefressen, so einen Hals, und die hält mir einen Vortrag, dass es wichtig wäre und so." – „Und warum ist das wichtig?" – „Was weiß ich, weil sie sich da wichtig fühlen kann, wenn sie die Studenten verbessert. Jedenfalls gibt sie mir am Ende so einen

Zettel mit der Nummer, damit ich in das Büro für die Lehramtsleute kann. Das ist ja nicht mal das gleiche wie für die anderen." – „Ist schon heftig", sagte die andere. „Aber lass mal. Es ging ja noch." Nach kurzem Innehalten fuhr sie fort: „Aber wenn du mal Probleme mit dem Prüfungsamt hast, ist es ganz einfach: Sobald Tränen rollen, ist die Frau wie ausgewechselt. War bei meiner Freundin so: Die hatte irgendwie den Termin zur Prüfungsanmeldung verpasst und die Nachricht bekommen, dass sie exmatrikuliert wird und was weiß ich. Und da ist sie halt zum Prüfungsamt gegangen und die Frau war wieder, wie sie so ist. Da war sie ganz aufgelöst und hat geweint. Dann ging alles wie von alleine: Das ist doch nicht so schlimm, das schaffen wir schon. Nehmen Sie erst mal ein Taschentuch! – Wie ausgewechselt, wie ein anderer Mensch." – „Dann muss ich demnächst auch mal auf die Tränendrüse drücken." – „Kann zumindest nicht schaden", meinte die erste. Danach setzten sie ihre Kopfhörer auf.

Angekündigt wurde Stadtroda, die nächste Station, mit dem Ausstieg in Fahrtrichtung rechts. Ein ganzer Schub Menschen verließ die Bahn und etliche neue, wohl auch vor allem Studenten, kamen dazu, so dass der Doktor sich näher an die Klappsitze des Ganges stellen musste, um den Neuankömmlingen Platz zu machen. Darunter war auch ein blonder Lockenkopf. Den kannte er aus dem Institut, in dem er arbeitete, aber nur flüchtig und nicht dem Namen nach und hoffte, dass er auch nicht von ihm bemerkt werden würde. Als es in der letzten Woche darum gegangen war, der Öffentlichkeit die Arbeit der einzelnen Sektionen vorzustellen, war auch der aufgetreten, hatte aber eine nach Meinung des Doktors ganz ungenügende Figur abgegeben und war daher für ihn sowieso nicht von Belang.

Der Handwerker, neben dem er inzwischen zu Stehen gekommen war, hatte sich zum Fenster umgedreht, worin ihm der Doktor folgte. Auf dem Bahnsteig diskutierte der Syrer – oder was er auch sein mochte – mit dem Schaffner, aber man konnte nicht verstehen, worum es ging. Die sprachen wohl einfach nicht eine Sprache.

Inzwischen musterte der Doktor seine Mitfahrer. Diesen Herbst gab es erstaunlich viele dottergelbe Kleidungsstücke. Das passte zu fast allem: Grau, Braun, Blau, Schwarz. Er trug ja auch eine goldgelbe Weste, aber nicht der Mode wegen. Er hatte diese Idee schon gehabt, bevor andere darauf gekommen waren.

Es wurde ihm eng und ungemütlich, zumal der Handwerker neben ihm einen unangenehmen Geruch verströmte. Er hatte sein Hemd zwar auch schon zwei Tage an und roch vielleicht ein bisschen nach Lokal, von gestern Abend – aber es ging noch. Als sein Nachbar nun noch zu telefonieren anfing, bemühte er sich, durch den nächsten Waggon auf einen anderen Gang auszuweichen. Es waren nur noch ein paar Minuten. Der Zug fuhr an und riss ihn fast von den Beinen, da der Handwerker schon im Gespräch war. „Nu hör mal. Das ist ja nicht mein Problem. Wenn der Chef es nicht hinkriegt, dass wir unser Material am Montag früh haben, muss er sich hier nicht aufspielen, von wegen wer weiß was. Ich habe ihm gesagt; Chef, pass auf, so geht's nicht. Und mein eigenes Zeug bringe ich nicht mit … Da geht es allein schon ums Prinzip … Ne, hast schon recht … Aber das ist, wie der neulich gesagt hat: Wenn du einen alten Zeissianer als Chef hast – das ist das schlimmste, was es gibt."

Mit dem Ellenbogen aktivierte der Doktor die Türverriegelung, anfassen wollte er sie nicht, da sie schon so viele andere angefasst hatten, erst recht nicht zu dieser Jahreszeit. Zischend schob sich die Tür zur Seite und er bahnte sich auf dem Mittelgang den Weg nach vorn. Hier und da zogen die Fahrgäste, die der Enge wegen ein Bein ausgestreckt hatten, ihre Füße zurück, anderen musste er ausweichen. Einige ältere Leute unterhielten sich, viele jüngere hörten Musik, sahen auf ihre Telefone und etliche jeden Alters machten überhaupt nichts. Sie sahen nicht mal aus dem Fenster. Irgendwie waren sie alle in ihrer eigenen kleinen Welt.

Schließlich hatte er es geschafft, winkelte wieder den Ellenbogen an und betrat den nächsten Verbindungsgang. Da konnte er atmen.

Sie waren auf freiem Feld. Nach links ließ sich das weite Hügelland erkennen. Bald schon würden sie sich der Stadt nähern.

Hier waren wieder neue Leute. Aber das richtige war es doch nicht, verglichen mit dem Weg von Saalfeld über Rothenstein nach Jena-Göschwitz. Da sah man die gewaltige Brücke aus dem Nebel auftauchen und das glänzende Hochhaus, das Wahrzeichen der Stadt, wie einen Leuchtturm in den Himmel ragen. Wie hingegossen lag die Stadt in ihren Hügeln, in Schleiern, angedeutet, nur wie Luft und Licht. Das war die Stadt Kitesch. Und so hatte er sie einmal gesehen. Es war an einem Oktobermorgen. Jetzt aber schrieb man November und ein ganz anderes Jahr. Und auch wenn er wieder diese andere Strecke nähme, wusste er doch, dass sich dieser Anblick ihm nie wieder bieten würde. Warum aber, das wusste er nicht.

Inzwischen war eine ältere Frau mit ihrem Enkelsohn auf den Gang gekommen und hatte alle Mühe, den Jungen bei sich zu behalten. „Du musst auch mal hier bleiben! Pass auf! Nicht so schnell!" Gerade erst hatte sie die Jacke des Jungen geschlossen und knöpfte die ihre zu, als durchgesagt wurde, dass man in Kürze Jena-Göschwitz erreichen würde, und langsam strömten die anderen Reisenden aus den Waggons in den Gang. Da waren sie alle wieder: Der Handwerker, die beiden Studentinnen, der junge Mann und der ältere Fragesteller, die Studenten mit den Rucksäcken, von denen er nichts wusste, die ältliche Frau mit der Pomade und die tippende Studentin mit der grünen Jacke, die immer noch tippte – Leute in dottergelben und andersfarbigen Kleidungsstücken. Schon in den Waggons standen sie, um den Zug schnell verlassen zu können und ihre Station nicht zu verpassen. Die Großmutter war immer noch beschäftigt, als sie bei der Durchsage aufmerkte: „Du, warte mal! Ich weiß jetzt nicht, wo wir genau hin müssen. Wenn wir nach Erfurt wollen, müssen wir da eigentlich umsteigen? Ist das gegenüber?" Laut wandte sie sich an die Umstehenden: „Weiß jemand, ob dieser Zug nach Erfurt weiterfährt oder wo man hier umsteigen muss?" Die Umstehenden aber schwiegen. Keiner wusste es, da alle nur bis Jena-Göschwitz fuhren, vielleicht noch bis Jena Paradies, aber nicht weiter; sie alle saßen in einem Zug, aber wussten gar nicht, wohin er eigentlich fuhr, da sie alle nur den Teil der Strecke sahen, der sie betraf; und die hinteren bemerkten nicht einmal, dass sie angesprochen wurden. Nur eine einzige Frau stand auf und erklärte, wohin dieser Zug fuhr, wo man umsteigen konnte und welchen Weg die beiden nehmen mussten. Nur eine Frau wusste es. Und diese eine Frau, die es wusste, nahm ihren Blindenstock und stieg aus.

C. J.

Nachwort

Die im vorliegenden Band gesammelten Erzählungen lassen sich als Anthologie lesen. Ein Autoschlüssel lässt sich aber auch zum Öffnen von Flaschen benutzen, ohne zum Flaschenöffner zu werden. Ähnlich ist es hier. Die zusammengestellten Beiträge werden nicht nur durch zwei Buchdeckel verbunden, sondern durch ihre Aussage, die im Laufe des Bandes zunehmend klarere Konturen gewinnt. Es führt eine Linie von der ersten zur letzten Seite.

Diese Linie ist ein Seil, an deren einem Ende Individualismus und an deren anderem Kollektivismus um den Menschen ringen. Und aktuell hat Team Individualismus die stärkeren Arme.

Jede einzelne der vorliegenden Erzählungen stellt eine absolut erodierte und im Zerfallen begriffene Psyche oder gar Gesellschaft vor, wobei Erosion und Zerfall mit jeder Seite zunehmen. Surreale Situationen demonstrieren das Auseinanderbrechen als geradezu physisch greifbar.

Den direkten Einstieg bildet der in seiner Technik hinsichtlich der Alltagsschilderungen und Dialogführung inklusive einer Raffinesse wie der belauschten und darum gewissermaßen freischwebenden Unterhaltung zwischen den Brüdern starke „**Irrtum.**"

Die größte Leistung der drei Protagonistinnen besteht nun offensichtlich darin, es dreizehn Druckseiten lang geschafft zu haben, in keiner Form mit der Tatserie des Taschendiebs zu interagieren.
Während Sherlock Holmes bereits auf drei Seiten einen tuberkulosekranken tätowierten Feuerwehrmann aus Sussex, der aus einem Holzbein kubanischen Tabak raucht, samt Name und Adresse sicher anhand seines Klingelns in der Baker Street identifiziert hätte, chillen *die drei Viertelgeviertstriche* quasi dauerhaft bei Kuchen und Limo.

Der Fall entwickelt sich ohne ihr Zutun und löst sich ohne ihr

Zutun.

Die drei, deren Freizeitgestaltung im Wesentlichen aus *Shopping*, der Einnahme kalorienreicher Speisen und Getränke sowie Sport zur Bekämpfung derselben besteht, bringen nicht gerade die optimalen Voraussetzungen mit, um sich der Aufklärung von Kriminalfällen zu widmen.

Pauline erhofft sich von ihrem Klavierunterricht auch nicht unbedingt die Fähigkeit, durch Musik unaussprechliche Seelenregungen auszudrücken, sondern legt Wert auf den Besuch der renommierten Pianissimo-Musikschule, da sich mit diesem wenigstens am Horizont die Hoffnung auf ein künftiges Dasein als Superstar verbinden lässt. Hat doch einst Rocky-rocky ebenfalls diese Schule besucht und was hat Rocky-rocky, was ich nicht habe – außer einer Ausbildung an der Pianissimo-Musikschule? So unwahrscheinlich die Hoffnung auch sein mag, ist sie doch offenbar ein stärkeres *movens* als viele andere mögliche Gründe, das Spielen eines Instrumentes zu erlernen. Paulines Reaktion spricht Bände und auch ihre Freundinnen verstehen die Begeisterung erst bei Erwähnung des Namens Rocky-rocky. Ja, der „Ich-verstehe-langsam-Prozess" läuft in der Tat auf Hochtouren. Nur der mit einem einigermaßen lustigen Namen versehene Herr Korgan scheint sich dieser Denkstrukturen nicht bewusst zu sein.

Auffallend ist auch ein fehlendes Grundvertrauen in die Eltern, da die drei diesen gar nicht erst von ihrem Vorhaben berichten – wohl wissend, dass es Vorbehalte geben könnte – und sich Pauline auf ihre Mahnung zur Vorsicht hin kaum vor einem tätlichen Angriff der Freundinnen retten kann. Zu starker Kontakt zu den Eltern ist auch alleine deshalb nicht angeraten, da diese auf die Idee kommen könnten, ihren Nachwuchs zu den „Dienstleistungen in Haus und Geschäft" gemäß § 1619 BGB heranzuziehen. Gartenarbeit ist bei sommerlichen Temperaturen nicht nur einer Sylinda kaum zuzumuten.
Aber solange die heilige Bettchenzeit gewahrt bleibt, hängt der Haussegen gerade.

Die Brüder sind keinen Deut besser: Auch sie können sich noch heute über den Jahrzehnte vergangenen Umstand streiten, dass sich einer der beiden durch die Eltern zurückgesetzt fühlt. Egal, wann man zurückstehen musste – schlimm genug, dass man überhaupt mal zurückstehen musste. Das rechtfertigt auch, heute kriminell zu werden: Hauptsache Rampenlicht, es gibt keine *bad publicity*, es gibt nur *fame*. Wahrscheinlich ist darum auch der gemeinsame Theaterbesuch der beiden Brüder so schwierig: Wenn man schon im Theater ist, sollte man wenigstens auf der Bühne stehen.

Aber natürlich werden die Freundinnen ihn nicht bei der Polizei melden – das wäre schließlich auch mit Arbeit verbunden. Der Dieb hätte aber wohl in Anbetracht seiner traumatischen Kindheit voll des Essens zweitgrößter Kuchenstücke und des Spielens mit zweitbestem Spielzeug sowieso auf ein mildes Urteil hoffen dürfen.

Hand aufs Herz: Die drei hätten den Fall auch nicht von sich aus lösen können. Nicht etwa, weil sie Kinder wären, nein: Das Lösen von Kriminalfällen stört zu sehr bei der Verwirklichung eigener Ambitionen, um ernsthaft in Betracht gezogen zu werden. Die drei haben einfach viel zu viel mit sich selbst zu tun, um an unbeteiligte Dritte zu denken. Wenn jeder vor seiner eigenen Tür kehrt, erspart man sich die Kehrwoche und wenn jeder an sich denkt, ist an alle gedacht.

„Rettet Karl Benz!" wartet nicht nur mit erneut bedenklichem Zuckerkonsum, sondern auch einer der stärksten Charakterisierungen des ganzen Bandes auf, da es über Lillys Freundin Luisa heißt: „Lilly wusste, dass Schule ihr nicht so wichtig war. Luisa interessierte sich eher für gutes Aussehen. Sie wollte später auch einmal Model werden." Einen Menschen in nur drei Sätzen so vollständig zu umreißen, spielt in der Liga der großen russischen Erzähler. Da blitzt echte Literatur auf.

Auch in ihrem Aufbau ist die Geschichte durchaus komplex, stellt sich doch nicht zuletzt die Frage nach dem Genre der beständig zwischen Realismus und Phantastik pendelnden Erzählung. In der

Tat dürfte es sich um eine Groteske handeln, wenn man sich Lillys Umstände genauer vor Augen führt, die in der Lage ist, trotz des dauerhaften Erwerbs der Fähigkeit zur Zeitreise ihr Leben exakt in den vor Erwerb dieser Fähigkeit eingeschlagenen Bahnen weiterzuführen, obwohl sie die Möglichkeit hätte, das Schicksal der Welt zu ändern. Aber unser Hobbylegastheniker Luca ist natürlich der Chance vorzuziehen, das Los der gesamten Menschheit zu gestalten. Lilly hat einfach Besseres zu tun.

Oder wie es im Text heißt: „Was würde werden, wenn es in der Zukunft keine Autos gäbe? Naja, für die Umwelt wäre es schon besser ... aber auf so eine wichtige Erfindung konnte die Menschheit doch nicht verzichten!" Ein beruhigender Gedanke.

Dass es sich bei der entscheidenden Erfindung ausgerechnet um die Entwicklung des Autos handelt, das durch die Individualisierung des Verkehrs, Fords Fließbandproduktion, die Zurückdrängung des Pferdes und einen durch die komplette Umstrukturierung der Mobilität konstitutiven Bestandteil der Moderne bedeutet, ist die Kirsche auf der grotesken Sahnehaube. Der spätmoderne Mensch sägt schließlich nicht an dem Ast, auf dem er sitzt.

Während Erich offenbar im vollen Bewusstsein des Potentials seiner Zeitreisefähigkeit diese ausschließlich für seinen persönlichen (und einigermaßen undurchsichtigen) Racheplan nutzt, realisiert Lilly nicht einmal mehr das Potential dieser Fähigkeit. Immerhin will sie die versöhnten Brüder Benz *vielleicht* noch einmal besuchen – aber nur, wenn Luisa gerade keine Zeit hat, sich gemeinsam hochkalorische Süßigkeiten einzuführen.

„Glück in den Sternen" oder „Paint It Black".
Ella und Vincent schwören sich nach nicht einmal vierundzwanzigstündiger Bekanntschaft unvergängliche Liebe. Es ist offenkundig die Intention der Geschichte, den Leser jetzt schon stutzen zu lassen. Wir haben es hier mit einem unzuverlässigen Erzähler zu tun, was sich aber erst am Ende herausstellt. Wenn man dieses kennt, liest man die Erzählung anders. Ihre Tiefe lässt

sich nicht von Anfang an durchmessen.

Ich musste einmal beim Lesen dieser Erzählung lachen, da es heißt: „Es verliefen einige Wochen so. Ich stand auf, radelte zur Wiese und traf mich dort mit Vincent. Es schien ihm wirklich besser zu gehen. Wir lachten viel und hatten tiefgründige Gespräche über den Sinn des Lebens, den Vincent nicht verstand. Es war so eine tolle, unbeschwerte Zeit." Als ich das Ende gelesen hatte, gab es nichts mehr zu lachen. Den beiden psychisch Kranken erscheint diese Zeit, da sie jemanden haben, an dem sie sich festhalten können, um nicht in den Abgrund des Wahnsinns oder Suizids zu geraten, in der Tat als unbeschwert.

Ella glaubt, dass sie Vincent immer beigestanden hat. Tatsächlich hat er ihr aber nicht weniger beigestanden als umgekehrt. Das sieht sie in einem lichten Moment des Vincententzuges sogar ein: „Ich ließ ihm und mir drei Tage Zeit, um sich darüber klar zu werden, dass wir uns gegenseitig brauchten."

Die erschreckende Tragweite wird erst in den letzten Sätzen deutlich, als sich herausstellt, dass die Weltwahrnehmung der Protagonistin völlig falsch und ein bloßes Produkt ihrer angegriffenen depressiven Psyche ist. Es hat nie eine „Dunkelheit" gegeben. Da wird auch das Genre durchbrochen: Es ist eine realistische, keine fantastische Geschichte. Diese Welt ist unsere Welt.
Beängstigend ist es, in diese Psyche hinabzusteigen: Geradezu mit Selbstverständlichkeit stellt sich der inzestuöse Klammeraffe Vincent darin als Parzival-Figur heraus, dessen Dasein auf das Engste mit der die Welt umfassenden Dunkelheit verbunden ist. Und selbstverständlich muss Ella im Licht der Supernova ausgerechnet diesem Menschen begegnen und die einzige Person sein, die ihn versteht und ihn zu unterstützen weiß. Eigentlich ist sie damit sogar mehr als er, seine Stütze, seine Inspiration, sein Ein und Alles, seine Mutter, Schwester, Tochter und Geliebte in einem. Ella ist das Ewig-Weibliche zu Vincents Faust. Es mag *lonely at the top* sein, aber Hauptsache *top*. Wenn die Welt sich verändert, kann das nur mit meiner Person in Beziehung stehen. Nahtlos werden die eigenen psychischen Probleme mit einem

Problem der gesamten Welt in Form der „Dunkelheit"
identifiziert, als sei die Welt tatsächlich nur eine Extension der
eigenen Psyche. Max Stirner lässt grüßen. Das Problem sind nicht
die Depressionen. Das Problem ist die Egomanie.
Und Vincent ist nicht Faust. Er ist einfach ein depressiver Stalker
mit Lederjacke.

Ella stand am Abgrund. Linea ist in „**Fantasia**" schon einen
Schritt weiter.
In absoluter Prägnanz wird gleich zu Beginn das keltische Motiv
der in unsere Welt eindringenden Anderswelt mit der Lakonie
eines alten Videospiel-Quests verknüpft: „Hallo, ich bin Elfi. Du
bist in Fantasia. Das ist eine andere Welt. Unsere Königin Aurelia
wurde entführt. Sie ist eine Meerjungfrau. Du musst sie retten!"
Da ist alles gesagt. Zuweilen an den märchenhaften Charakter
prä-tolkienscher Fantasy erinnernd, wird nun eine fantastische
Erzählung von erheblicher Geschlossenheit geboten, eingerahmt
durch Szenen aus Lineas irdischem Leben. So möchte man
meinen.
Der Kern des Ganzen findet sich erst im zwölften Abschnitt.
Es ist ein bekanntes Phänomen, dass ehemalige Schüler noch
Jahrzehnte nach dem Verlassen jeglicher Lehranstalten von
Alpträumen heimgesucht werden, die schulische Prüfungs-
situationen zum Gegenstand haben. Solcher Träume, die in
anderen Ländern Veteranen mit posttraumatischen Belastungs-
störungen vorbehalten bleiben, kann sich in Deutschland
jedermann erfreuen. Wenn sich nun im Traum an der Schultür
jenes Schild „Niemand zu Hause – Betreten verboten!" finden
lässt, dass in der unter dem sprechenden Namen „Fantasia"
laufenden Welt höchstens am Haus der bösen Hexe Kolura zu
sehen ist, wird deutlich, welche Rolle die Institution Schule in
Lineas Alltag einnimmt: Sie ist der Endgegner. Und im Gegensatz
zu Kolura wird die Schule im Schlaf wohl keine Tränke
schlucken, um ihre besseren Seiten zum Vorschein zu bringen.
Linea und Fiona erleben das, was sich im Französischen elegant
mit *Folie à deux* bezeichnen lässt, im Deutschen aber „induzierte
wahnhafte Störung" heißt. Sie werden unter dem Einfluss
gemeinsamer Tagträumereien in Anbetracht von Belastungs-
situationen nicht nur zu den Helden Fantasias, sondern auch den

„besten Freundinnen auf der ganzen Welt" und künftig wohl Insassen eines Zweitbettzimmers in der Psychiatrie. Linea ist überlastet: Vom Neuen ihrer schulischen Situation, von sozialer Isolation, von Versagensängsten, von der Verantwortung, sich um ihre Schwester zu kümmern – sogar noch im Urlaub, der diesem Namen in Anbetracht des vollen Programms vom ersten bis zum letzten Tag nur zweifelhaft gerecht wird. Nach dem Sieg über Kolura wartet schon der nächste Gegner in Form des *Burnout* am Horizont. Aber Fantasia wird bleiben. Die vertrauenerweckende Sicherheit des eigenen Geistes ruft immer öfter und immer lauter und das Amulett wird klingeln als wäre es das Handy eines überlasteten Managers. In Andersens „Kleiner Meerjungfrau" fing es an und in Tschechows „Krankenstation Nr. 6" hört es auf.

Was bisher stets nur einzelnen Individuen drohte, wird in „**Durch Sterne verbunden**" auf die gesamte Menschheit ausgeweitet und zu seiner schrecklichen Konsequenz geführt: Der Aufspaltung des Menschen in seine schlechtesten Eigenschaften. Nach der völligen Entfremdung eines jeden und Rückkehr zu seinen eigenen Bedürfnis erfordert es außerordentlichen Zwanges, um überhaupt eine Gesellschaft zu formen. Die Krise der Perliktiker, offenbar der Leitung eines gesichtslosen, ambitionslosen und einer alt gewordenen Menschheit aufgesetzten Weltstaates, ist exakt jene der kompletten Entfremdung des Individuums. Wie so oft ist das Problem offenkundig – nur über die Lösung wird gestritten. Die eine Seite verpflichtet ihre Bürger auf Teilnahme an wirtschaftlichen Strukturen, an Verflechtung, an Handel, an Kommerz, zum Dasein als Zahnrad in einem gewaltigen ökonomischen Getriebe. Wertschöpfung dient nicht dem Wohlstand, sondern allein der Festigung der Gesellschaft. Diese Seite der Welt ist eine einzige große Firma und ihre Bürger die Belegschaft. Die andere Seite verpflichtet die ihren auf Teilnahme an militärischen Strukturen, an Manövern, Schulungen, abhärtender Körperertüchtigung, spartanischem Drill und einem Dasein als ausführendem Element einer gewaltigen Kommandohierarchie. Dabei dient die Wehrertüchtigung nicht dem Krieg, sondern der Verschmelzung der Gesellschaft in eine überschaubare und von oben anzuführende Struktur. Diese Seite der Welt ist eine einzige große Armee und ihre Bürger die Soldaten. Eine vollständig individualisierte Menschheit wird von beiden ebenso vollständig entindividualisiert. Der Peloponnesische Krieg sah auch schon einmal freundlicher aus.

Aus dieser festgefahrenen Situation nun scheint der einzige Ausweg eine welterschütternde Krise zu sein, die jeden Menschen des Planeten gleichermaßen unmittelbar bedroht und zur Handlung zwingt. Dabei ist das einzig entscheidende, überhaupt zu handeln. Der Plan zur Rettung der Welt ist inhaltlich offensichtlich hanebüchen, aber in seinem Effekt auf die Verbindung der Menschheit unter einem neuen Ziel durchaus eindrucksvoll. Wenn es keine Supernova gäbe, müsste man eine erfinden. Danach wird alles besser werden. Denn wenn eine politische Situation nur festgefahren genug ist, die Menschen apathisch geworden sind und die Welt einfach keine Größe mehr zu haben scheint, wird es Zeit, dass jemand in Sarajevo den österreichischen Thronfolger erschießt, damit Wilhelm II. im Reichstag den Burgfrieden der Parteien verkünden und der Feldgraue endlich die Geburt der Volksgemeinschaft in der klassenübergreifenden Erfahrung des Schützengrabens erleben kann. Die Supernova ist der Weltenbrand, deren Asche der Phönix der neuen Zeit entsteigen soll.

In Anbetracht dieser feuergefährliche Anschauung empfiehlt es sich, ausreichend Löschpapier von Tucholsky bereit zu halten.

„Die Türme der Stadt Kitesch" wartet neben einem würdigen letzten Satz auch mit dem wohl stärksten Wortwechsel des Bandes auf:

„[...] Jedenfalls fragt die mich zuerst, was ich studiere. Und ich sage: Germanistik. Dann sieht sie auf den Monitor und blättert in ihren Heften und sagt am Ende: Sie studieren Deutsch. Und ich sage: Nein, ich studiere Germanistik." Die andere kicherte. „Und die sagt: Sie studieren Lehramt, also Deutsch." – „Krass!", meinte die andere."

Einprägsam ist auch die Stelle, da der Doktor sich einbildet, rechtmäßiger Entdecker der Farbe Gelb zu sein.

Diese Geschichte der Namenlosen in einem Zug, der sich weniger auf einer Fahrt von Gera nach Jena-Göschwitz als vielmehr auf einem Egotrip befindet, führt eine umgekehrte Welt vor, da die Sehenden in ihrer eigenen Welt gefangen sind und blind gegenüber allem, das sie nicht unmittelbar betrifft, und nur die Blinde, die tatsächlich in sich selbst gefangen ist, die Welt sehen kann, wie sie ist.

Die Pointe des Bandes besteht in der zunehmenden Erosion der Welt: Von „Der Irrtum", über „Rettet Karl Benz!", hin zum „Glück in den Sternen" und darüber hinaus. Die Probleme der ersteren sind nur innerlich, Karl Benz lässt bereits Raum und Zeit vor den Augen des Individuums verschwimmen, im „Glück in den Sternen" verändert die Depression eines Menschen die Funktionsweise seiner gesamten Welt. Es fehlt der Kitt, der die Menschheit dieser Geschichten zusammenhält. Sie können sich nicht einmal auf eine gemeinsame Realität einigen, die alle anerkennen. Die Erfüllung individueller Wünsche herrscht, dieser Kreislauf wird erst im Glück in den Sternen kurzzeitig unterbrochen, da Menschen füreinander da sein wollen (wenn auch nur aus wiederum selbstsüchtigen Motiven).

Die Protagonisten der Erzählungen erstreben alle das Gute, da für sie aber der individuelle Vorteil die einzige Maxime moralischen Handelns ist, können sie nichts dafür tun. Sie müssten Opfer bringen, aber das können sie nicht. Daher sind sie entsprechend froh, als sich der Dieb gestellt hat und sie unmittelbar mit dem Verfolgen des eigenen Vorteils fortfahren können. Was leistet Lilly, um die Brüder Benz zu versöhnen? Im Grunde nichts. Die Brüder versöhnen sich von allein und sie kann wieder ihrem Glück mit Luca nachgehen.

Das Gute zu erstreben, erfordert Opferbereitschaft. Es wird einem nicht geschenkt.

Linea agiert überhaupt nur noch in ihrem Kopf für das Gute, die Charaktere aus „Die Türme der Stadt Kitesch" sind bereits kollektiv blind und die Lösung aus „Durch Sterne verbunden" lässt erschaudern.

Letztlich alle Erzählungen dieses Bandes zeigen Psyche in der

Auflösung: Ihre Menschen sind so auf sich selbst fixiert, dass ihre Wahrnehmung der Realität alternative Ansichten ausschließt. Daher so seltsame Störungen: ihre Psyche bricht zusammen. Sie sind auf dem Weg, wieder Tiere zu werden, die zu keinem abwägenden Denken fähig sind und keine Realität außerhalb ihrer selbst kennen. Es ist ein Autismus der gesamten Menschheit.

Wege aufzuzeigen, um diesen zu bekämpfen, ist dem vorliegenden Band nicht mehr gegeben.
Dies bleibt dem folgenden Buch der Reihe „Praeparatio Evangelica" vorbehalten, einer durchgehenden Erzählung, der das Motto voransteht:

Der Kampf, der in diesem Buch gekämpft wird, ist jener um das schiere Menschsein.

Und er wird – ja, er muss gekämpft werden.

Hansjoachim Andres

Von Hansjoachim Andres, einem der Herausgeber, ist erschienen:

Kolumbus – Versdrama in fünf Akten, ISBN 9783842367333

Verserzählungen, Gedichte und Balladen – Band 1,
ISBN 9783844806847

Helenos und Helena – Fabel in Versen aus einem trojanischen
Krieg, ISBN 9783744814966

„Wer hat eigentlich zuletzt in Blankversen gedichtet? Bertolt
Brecht hat das getan, im ‚Arturo Ui'. Dabei hat er den Vers
ebenso wie nach ihm Heiner Müller aus Gründen der ironischen
Subversion noch einmal ausgepackt. Johannes R. Becher hat ihn
dann wieder ganz ernsthaft benutzt, und auch Rolf Hochhuths
Skandalstück ‚Der Stellvertreter' von 1963 war ja in einer Art
Blankvers geschrieben, aber, na ja. Andres nun imitiert ebenso
ernsthaft Shakespeare und Schiller."

DIE WELT über „Kolumbus"